歌词艺术十二讲

GECI YISHU
SHI'ERJIANG

陆正兰 著

博雅导读丛书

图书在版编目(CIP)数据

歌词艺术十二讲/陆正兰著. —北京：北京大学出版社，2015.10
（博雅导读丛书）
ISBN 978-7-301-26327-3

Ⅰ.①歌… Ⅱ.①陆… Ⅲ.①歌词—文学欣赏—高等学校—教材
Ⅳ.①I106.2

中国版本图书馆 CIP 数据核字(2015)第 225377 号

书　　名	歌词艺术十二讲
著作责任者	陆正兰　著
责任编辑	张雅秋
标准书号	ISBN 978-7-301-26327-3
出版发行	北京大学出版社
地　　址	北京市海淀区成府路 205 号　100871
网　　址	http://www.pup.cn　新浪微博:@北京大学出版社
电子信箱	pkuwsz@126.com
电　　话	邮购部 62752015　发行部 62750672　编辑部 62745307
印刷者	北京中科印刷有限公司
经销者	新华书店
	965 毫米×1300 毫米　16 开本　13.5 印张　160 千字
	2015 年 10 月第 1 版　2021 年 9 月第 2 次印刷
定　　价	40.00 元

未经许可，不得以任何方式复制或抄袭本书之部分或全部内容。
版权所有，侵权必究
举报电话：010-62752024　电子信箱：fd@pup.pku.edu.cn
图书如有印装质量问题，请与出版部联系，电话：010-62756370

目 录

导　言　歌词艺术新思维………………………… 1
　一　歌词是一门复合艺术………………………… 1
　二　歌词具有多功能性…………………………… 1
　三　歌词依赖媒介传播…………………………… 2
　四　歌词包含交流动力…………………………… 2

第一讲　歌词语言张力…………………………… 4
　一　歌词贵浅……………………………………… 4
　二　歌题与词眼…………………………………… 6
　三　双关与复义…………………………………… 9
　四　曲喻…………………………………………… 13

第二讲　歌词立象衍情…………………………… 20
　一　"意象"与"情象"…………………………… 20
　二　缘情重构……………………………………… 21
　三　熟而不俗……………………………………… 22
　四　新而不奇崛…………………………………… 24

第三讲　歌词的曲式……………………………… 28
　一　曲式…………………………………………… 28
　二　外部曲式……………………………………… 29
　三　内部曲式……………………………………… 31

四　演唱形式与曲式 …………………………………… 37

第四讲　歌词的节奏与韵律 ………………………………… 42
　　一　歌词句式 …………………………………………… 42
　　二　押韵原则 …………………………………………… 43
　　三　转韵与转调 ………………………………………… 45
　　四　韵的创新 …………………………………………… 47

第五讲　歌词中的杂语并置 ………………………………… 52
　　一　听觉优先与杂语 …………………………………… 52
　　二　无意义词与有意义词并置 ………………………… 53
　　三　异语并置 …………………………………………… 57
　　四　异体风格并置 ……………………………………… 60
　　五　古风歌曲 …………………………………………… 64

第六讲　歌词中的姿势语 …………………………………… 68
　　一　"拟声达意" ………………………………………… 68
　　二　姿势语 ……………………………………………… 69
　　三　姿势语的构成 ……………………………………… 70
　　四　姿势语与歌曲风格 ………………………………… 74

第七讲　歌词中的"兴" ……………………………………… 81
　　一　"兴"与"呼" ………………………………………… 81
　　二　语音兴呼 …………………………………………… 84
　　三　触物兴呼 …………………………………………… 85
　　四　写景兴呼 …………………………………………… 88
　　五　兼比兴呼 …………………………………………… 89
　　六　曲式兴呼 …………………………………………… 90

第八讲　歌词中的人称 ……………………………………… 95
　　一　歌词的言说框架 …………………………………… 95

二　第二人称的复杂指称 …………………………………… 97
　　三　隐藏的第一或第二人称 ………………………………… 101
　　四　单显的第三人称 ………………………………………… 106
　　五　复合人称及无人称 ……………………………………… 111
第九讲　歌词的叙述性 ………………………………………………… 118
　　一　歌词的两种构造成分 …………………………………… 118
　　二　歌曲的意图时间性 ……………………………………… 122
　　三　叙述三素 ………………………………………………… 126
　　四　叙述性的量化与分类 …………………………………… 133
第十讲　歌词的性别性 ………………………………………………… 147
　　一　男歌 ……………………………………………………… 147
　　二　女歌 ……………………………………………………… 153
　　三　男女问歌 ………………………………………………… 158
　　四　跨性别歌与无性别歌 …………………………………… 162
　　五　无性别歌 ………………………………………………… 170
第十一讲　歌词的复调艺术 …………………………………………… 179
　　一　复调 ……………………………………………………… 179
　　二　文本复调 ………………………………………………… 180
　　三　讲述视角复调 …………………………………………… 181
　　四　情感空间复调 …………………………………………… 183
　　五　时空观念复调 …………………………………………… 185
第十二讲　歌词的互文性与块茎式传播 ……………………………… 190
　　一　中西"互文"概念的异同 ……………………………… 190
　　二　互文技巧 ………………………………………………… 192
　　三　歌曲的传播机制 ………………………………………… 196

结　语　歌曲作为音乐文化产业的前景…………………… 203
参考文献…………………………………………………… 206
后　记……………………………………………………… 208

导言　歌词艺术新思维

歌词是一种特殊的艺术形态,我们无法完全用"纯文学"的方法分析它,必须考虑到它的文体和文化特性。

一　歌词是一门复合艺术

歌词是按音乐方式组织的一种语言结构,非自足性是其品质。也就是说,它不是意义和情感已经完成的言说方式,它等待音乐,召唤音乐,联合成完整的文本。因此,歌词需要提供一个开放的情感召唤结构,要留给作曲家一定的空间。与此正好对比的是诗,一首诗是一个意义完整,具有相当自足性的文本,等待的是读者通过阅读来理解它,阐释它。如果非要说歌词也是诗,那它最多只是一种另类的诗,因为它必须提供"欲唱"的呼唤,让音乐来完成。很多人用评判诗的标准来评判歌词,这种评判不公平,歌词不一定是好诗,一首好诗也不一定是好歌词。歌词是一种自我拒绝完成的诗。

二　歌词具有多功能性

歌曲虽然也以语言为载体,但它传递的信息,远远超过了语意本身。我们常说,任何文本都是文化的,是多元的,但歌曲更是如此。歌词文本浸透在文化情境之中,它不可能被孤立地欣赏,也难以像诗人一样"孤芳自赏",词作家的作品必须被社会接受,被歌众传唱。弗雷德里克·詹姆逊指出,文类"基本上是文学的'机制',或作家与特定公众之间的社会契约,其功能是具体说明一种特殊文化制品的适当运用"[①]。歌曲的存在方式就注定它是多功能性的,而常常是为文化所用。因此,一首歌可能是个娱乐文本,也可能是个文学文本,甚至是个宣传文本、实用文本等。所以歌词的发展受时代功能、语言方式、音乐风格等各种文化因素制约。

三　歌词依赖媒介传播

歌曲靠各种媒介传播产生影响。仪式歌曲、形象歌曲,作为机构团体代表性标记,通常由机构推动;宣传鼓动歌曲主要由宣传部门推动流传;娱乐歌曲的流传主要由商业机构推动;少儿歌曲依赖于学校教育;摇滚及城市民谣,则主要靠一系列传播渠道,尤其是现场音乐会;影视歌曲与音乐剧离不开电影、电视、舞台媒体等。而且,传媒传播渠道直接影响歌词文体风格,甚至决定各种歌曲的语言特征。

四　歌词包含交流动力

歌词永远是一种交流性的讲述。歌词本身就暗含一个"我对

---

① 弗雷德里克·詹姆逊:《政治无意识——作为社会象征行为的叙事》,中国社会科学出版社,1999年,第93页。

你说"的交流结构。歌词的情感动力正来自这种交流的力量。这种交流之所以格外动人,是因为它配合乐音调动了交流双方的情感,激发出一种与个体经验相结合的情境,在"我"与"你"之间,形成双向互动式的情感动力。在此意义上,哪怕最纯粹的抒情歌曲也算是一种故事独白,是"我"用声音给"你"讲述的一个动情故事。打动人的歌曲不是"我"讲给"你"的情感,而是情感在推动我们。用一个唯妙的比喻来说,不是我们在唱歌曲,而是歌曲在唱我们。因此,某种意义上,与某种情境、某种音乐配合的讲述技巧,便是歌词的声音艺术。

第一讲　歌词语言张力

一　歌词贵浅

歌词作为一种必须让人听懂的语言艺术,"贵浅不贵深",似乎已经成了一个体裁要求。然而,词句必要的浅显,并不等于歌曲的浅白无蕴藉,而要求浅显中见深刻,以短小的篇幅打动歌众①,这就是歌曲特殊的语言张力。

"张力"是新批评理论家提出的一个术语,它是个至关重要的概念,体现出"诗歌内各种辩证对抗关系的综合"②。例如诗中的比喻和象征常常很出格,很"险峻"。然而,我们不可能让歌曲像诗一样处处追求语词的张力,而要求在浅显中,在关键之处,化入复杂的语言技巧,比如,利用歌题、词眼等各种语言元素,举重若轻、天衣无缝地显示张力。

明人王骥德这样总结戏曲中的歌词:"句法,宜婉曲不宜直致,宜藻艳不宜枯瘁,宜溜亮不宜艰涩,宜清俊不宜重滞,宜新采不

---

① "歌众"一词,是本人拙著《歌词学》(2007)中提出的,旨在强调歌曲的受众不同于一般艺术品受众,除了视听观赏外,还会参与歌唱,歌在此有名词和动词双性。
② 赵毅衡:《新批评》,中国社会科学出版社,1986年,第69页。

宜陈腐,宜摆脱不宜堆垛,宜温雅不宜激烈,宜细腻不宜粗率,宜芳润不宜噍杀。"①徐渭在《南词叙录》中对填词也有类似观点:"文既不可,俗又不可,自有一种妙处,要在人领解妙语,未可言传。名士中有作者,予诵之,齐梁长短句诗,非曲子。何也?其词丽而晦。"

虽然这两人的论述都是针对戏曲,但对现代歌曲来说,要求是类似的。歌曲的接受方式决定了歌词语言的性质;歌曲必须在有限的时间内展现它的情感诉求,容不得歌众"深思熟虑",所以它不追求高深的难解,而要求一听就能明白。

从这个角度,歌词语言需要必要的平白。正如清代戏剧理论家李渔所论"能于浅处见才,方是文章高手"。当代词作家乔羽也说,"歌词是语言艺术,它的文学性正在于语言生动准确,而不是从书本上寻找词藻,把歌词写的文绉绉的,不是活泼泼的。生僻和晦涩,是歌词的大忌。一切艺术特别是歌词艺术,以雅俗共赏为好,以孤芳自赏为患"②。浅处显出张力,方成好歌词。

比如这首中国四川民歌《槐花几时开》:

> 高高山上一树槐,手把栏杆望郎来。
> 娘问女儿你望啥子?我望槐花几时开。

从最简单的生活场景出发,寥寥数语,生动形象地写出一个豆蔻年华、羞涩而聪慧的农村女孩的爱情心理。

---

① 王骥德:《曲律·论用事》。
② 乔羽:《乔羽文集·文章卷》,新华出版社,2004年,第149页。

二　歌题与词眼

作为一种时间艺术,歌词要求作者在很短的时间内把思想、情感和文词美感,通过音乐形式呈现给听众,它要求一个相对明朗而集中的主题,才会获得比较好的传播效果。如果歌曲的主题是分散的、混乱的,那么它既不利于作曲家谱曲,也不利于演唱者表达,同时也不利于歌众受听和传唱。

和诗相比,歌曲的题目更为重要。歌众在看到一首歌曲题目时,就大致产生了相应的情感和意义期待。

歌曲的题目,既能集中体现歌曲的基本主题,也能为歌曲的情调、风格基本定型,比如《中国人民志愿军战歌》,标题指明是一首进行曲风格的军歌,《草原之夜》一定是一首富有少数民族风格的抒情歌,《少年,少年,祖国的春天》是一首少儿歌,《蜗牛和黄鹂鸟》可能是充满谐趣的童谣或者校园歌曲,《故乡的明月》一定是一首乡情颂歌,《我的中国心》必定是爱国颂歌,《明天你是否依然爱我》就该是一首感伤情歌,《东风破》《青花瓷》有着"中国风"特色,《存在》应该带有哲理思考,等等。

在歌曲中,像诗歌以《无题》作题目者几乎没有。即便只有词牌名,如李清照的《一剪梅》谱成曲,在传唱时也会冠以较明白的标题《月上西楼》,苏东坡标题不鲜明的《赤壁怀古》,现代歌曲版改名为《大江东去》。所以,在歌的海洋中,醒目的歌题是值得花代价设计的"面孔"。

很多歌题的最后一字,也会为一首歌确定整首歌的韵脚。比如《种太阳》《我的中国心》《马儿慢些走》等。比如袁惟仁作词作曲、那英演唱的《征服》,用歌题的后面一个韵母,作为整首歌的韵脚:

终于你找到一个方式分出了胜负
输赢的代价是彼此粉身碎骨
外表健康的你心里伤痕无数
顽强的我是这场战役的俘虏
就这样被你征服切断了所有退路
我的心情是坚固我的决定是糊涂

"词眼"是一首好歌曲的另一个重要元素,也是一首歌最成功流传的部分,实际上,一首歌就是在变异的基础上不断重复。歌中不断重复的部分,便是"词眼",它通常出现在一首歌的主歌部分,也是一首歌最重要的思想和感情提炼。出色的"词眼"往往使一首歌得以流传。比如,"外面的世界很精彩,外面的世界很无奈"(《外面的世界》),精炼地写出了现代人的迷茫;"不是因为寂寞才爱你,而是因为爱你才寂寞"(《不是因为寂寞才爱你》),唱出了爱的无奈;"我只有两天,我从没有把握,一天用来希望,一天用来绝望"(《两天》),书写了生命的感受。某种意义上,我们是因为记住了"词眼",而记住了一首歌。

"词眼"的重要性,不少歌曲创作论者已经注意到,付林的《流行歌曲写作新概念》一书中,就很好地探讨了此问题。他从歌曲的流传需要出发,用了一个更通俗的说法"流行句记忆点",他认为"流行歌曲最大特征就是寻找和设置词中所写的故事中的流行句"[①]。

[①] 付林、王雪宁:《流行歌词写作新概念》,中国文联出版社,2003年,第59页。此书还详细介绍了创作"流行句记忆点"的三种方法:以歌名为核心的流行句或记忆点;在主歌中设置流行句或记忆点;在副歌中设置流行句或记忆点。

"重复"是歌词极其重要的艺术。事实上它不但表现为一首歌的"词眼",而且作为一首歌的构成要素,也体现在歌曲的形式上,比如,歌词的每行规则和不规则的长度及段落,协和音乐的相同的短语节奏,韵脚的重复,不管是严格的重复,还是有变异的重复,都是歌词最明显的特征。可以说,重复产生诗性,重复展示了歌词作为一种艺术要素的文本组成功能。比如这首张黎作词、刘青作曲的《山不转水转》,表面上是化用了中国诗歌传统的顶真修辞手法,实际上,歌曲的艺术和深度正经由各种变异中的重复不断升华:

  山不转哪水在转
  水不转哪云在转
  云不转哪风在转
  风不转哪心也转
  心不转哪风在转
  风不转哪云在转
  云不转哪风在转
  水不转哪山也转
  没有憋死的牛
  只有愚死的汉
  蜘蛛吐丝画它自己的圆
  那太阳掏洞也要织它那条线
  再长的路程也要走出那个天

因此,歌词不是一种浅显的诗,必须符合歌唱艺术,只有充分符合歌曲流传要求,才能体现歌词的美学意图和效果。词作家乔羽精辟地论述道:"声乐艺术,在我看来是语言的延长和美化。古人的说法是'歌永言',我以为这里的'永'字包含着延长和美化这两层意思。"①从语言层面上,如何延长意义和美化形象,也正是歌曲张力的重要部分。

三　双关与复义

"诗含双层意,不求其佳必自佳",袁枚在《随园诗话》中道出了双关语的妙用。歌曲不像某些先锋诗,特别追求多义、歧义,歌曲的流传特征要求歌曲不过于深奥,但一首出色的歌曲往往在浅显中化入了复杂的诗歌语言技巧,具有歌曲特色的双关语和复义运用,同样可以扩大歌曲的情感空间。

双关语通常有两种:语音双关和语意双关。中国古代诗词,尤其作为歌词的乐府诗中有不少佳例。"春蚕不应老,昼夜常怀丝。"(《作蚕丝》)"丝"与"思",谐音双关,寄寓绵长思念。"雾露隐芙蓉,见莲不分明。"(《子夜歌》)"芙蓉"寓"夫容","莲"寓"怜",委婉含蓄,情真意切。唐代刘禹锡的《竹枝词》,更是一清二楚。"东边日出西边雨,道是无晴却有晴。"语义双关,通常要复杂一些。比如,卓文君的《白头吟》"凄凄复凄凄,嫁娶不须啼。愿得一人心,白头不相离"。"凄凄"与"妻妻",既是语音也是语意双关。歌词中的双关语,需要双义互相延伸。因为歌词语言重在感情叠加。

复义,指多种语义混合,在诗学中也叫"含混"。"含混"(am-

---

① 乔羽:《乔羽文集·文章卷》,新华出版社,2004年,第102页。

biguity)一词源于拉丁文"*ambiguitas*",其原意为"双管齐下"(acting both ways)或"更易"(shifting)。

自从英国批评家威廉·燕卜逊的名著《含混七型》(1930)问世以来,"含混"被认为是文论的重要术语之一。它既被用来表示一种文学创作的策略,又被用来指涉一种复杂的文学现象;既可以表示作者故意或无意造成的歧义,又可以表示读者阐释时的困惑(主要是语义、语法和逻辑等方面的困惑)。"含混"是文本分析不可缺少的武器。

"含混"一词的普通用法往往带有贬义,它多指风格上的一种瑕疵,即在本该简洁明了的地方晦涩艰深,甚至含糊不清。燕卜逊对"含混"的定义比较宽泛:"任何语义上的差别,不论如何细微,只要它使一句话有可能引起不同的反应。"① 通过他的归纳以及大量例证,证明"含混"是诗歌最重要的语言技巧之一,它显示出诗歌语言的能量。正如周珏良所评价的:"燕卜逊的分析方法……对于新批评派之注重对文本的细读和对语言特别是诗的语言的分析,可以说起了启蒙的作用。"②

歌词也追求复义,但并不一定晦涩,也不一定矛盾歧义。歌词中的复义通常为一种情感叠加。它充分利用歌曲的表情功能,以及情感的泛化特征,加以重叠。人类每一种情感都比较泛化,比如,同为"爱",爱国、爱人类、爱亲人、爱老师、爱恋人等等,都属于爱的范畴,歌曲正是充分利用了情感的这种泛化特

---

① 威廉·燕卜逊:《朦胧的七种类型》,周邦宪等译,中国美术学院出版社,1996年,第10页。
② 王佐良等主编:《英国二十世纪文学史》,外语教学与研究出版社,1994年,第303页。

征,取得复义效果。

五四时期,刘半农作词、赵元任作曲的《叫我如何不想她》,中国最早的现代歌曲之一,就是这样一首充分调动情感复义的佳例。

> 天上飘着些微云,
> 地上吹着些微风,
> 啊!微风吹动了我头发,
> 教我如何不想她。

在这首歌中,中国新诗第一次使用代词人称"她"。刘半农作此歌时,用"她"寄托对祖国或家乡的思念,但是这个"她"字,使这首歌很像男女情歌。"她""它""他",同声异字,在实际演唱中,歌曲的整个情感会随着不同的演唱者、不同的演唱场合而发生意义变化。可以想象,当一个男歌手在歌唱时,通常来说,"叫我如果不想她"中的"她"就会转成女性的"她"。而女歌手演唱时,情况就会相反,"她",又会自动变成男性的"他"。对一个身处异乡异土的游子来说,说"她",可能就是祖国"它"了。歌可以抒发对不同的"他""她""它"的情感,但对词作者刘半农来说,写下此词稿时,必定要选择其一,一锤定字,然而却无法一锤定义。正如前面所说,歌被演唱时,听觉的艺术,加上汉语的同声异字效果,自然会出现更多超越创作意图的复义效果。

歌曲意象的模糊,也会给歌曲带来复义效果。吕进在谈到诗歌语言的弹性技巧时提出,"弹性技巧致力于事物之间、情感之间、物我之间在语言上的联系与重叠,致力于语言的'亦一亦万'

'似此似彼'的'模糊'美,这种诗篇的炉锤之妙,全在'模糊'"①。这段论述也非常适合歌词,一定程度的词义"模糊"丰富了歌曲的意义,比如这首童安格作词作曲的《耶利亚女郎》:

> 很远的地方有个女郎,名字叫做耶利亚,
> 有人在传说她的眼睛,看了使你更年轻。
> 如果你得到她的拥抱,你就永远不会老,
> 为了这个神奇的传说,我要努力去寻找,
> 耶利亚,神秘耶利亚,耶利耶利亚。
> 耶利亚,神秘耶利亚,我一定要找到她。

歌曲唱的是一个叫"神秘耶利亚"的姑娘,因为"她来自一个神秘的传说"。传说中的"耶利亚",不可能仅仅是一个实指的女郎,甚至也许只要是任何一种让人"永远不会老"的事物,比如梦想、希望、爱情或者其他,都有可能成为这个"耶利亚"。从受众角度来说,或许人人都在歌唱并寻找他们各自不同的"耶利亚"。

利用歌曲意象和情感的模糊所指,追求复义效果,这样的歌曲往往比较成功。比如这首由浮克作词作曲的《快乐老家》:

> 有一个地方,那是快乐老家,
> 它近在心灵,却远在天涯,
> 我所有一切都只为找到它,
> 哪怕付出忧伤代价。

---

① 吕进:《新诗文体学》,花城出版社,1990年,第62页。

如果这个"快乐老家"仅仅是个实实在在的所指的话，这首歌就只是一首思乡之歌，"快乐老家"包括各种意义，它唱的是每个受众在一路寻找的精神家园。

成功地运用复义手法制造情感效果的歌曲还很多，像《乡恋》《让世界充满爱》《小茉莉》《小芳》《雾里看花》《小苹果》等等。复义可以最大限度地扩展情感容量，吸引更多的受众，造成歌曲的广泛流传，就其效果而言，它也能帮助歌曲超越自身。歌曲文体的优越性在于，不必在语言上作深度挖掘，却可以尽可能在广度上充分展开。双关、复义的充分运用，正是从这方面满足了歌曲的流传意图和受众的接受需要。

四 曲喻

魏源《诗比兴笺序》中写道："词不可径也，故有曲而达；情不可激也，故有譬而喻焉。"比喻在歌曲中的确极为重要。由于比喻在歌词中极其常用，也过于普遍，这里着重讲述曲喻这种不被人重视却在歌词中极为重要的一种比喻。

现代诗歌在比喻上追求所谓喻本与喻旨之间的"远距"。瑞恰兹在《修辞哲学》中指出，"比喻是语境间的交易"（transaction between contexts），如果要使比喻有力，就需要把非常不同的语境并列，用比喻作一个扣针把它们扣在一起。也就是艾略特所称的"异质的东西用暴力枷拷在一起"。而比喻双方的"远距"被瑞恰兹认为是产生诗歌张力最有效的方法之一。现代诗的远距，可以使张力非常智性化，例如艾略特的诗句"黄昏如手术台上麻木的病人……"再例如德国诗人保罗·策兰的诗："信像一只死鸟一样年轻"(《夜的光线》)①,"我们睡去,像酒在贝壳里"(《花冠》)②,如此远距的比喻,在歌词中并不太合适,过于生涩。

歌词和诗受各自功能和接受条件的限制,它们对比喻性意象的选择和应用也不相同。歌曲不追求远距,换句话说,不能有过于突兀的比喻。一首歌基本只能是一种情调,所有的意象都必须为其服务,只有统一,不宜有矛盾。

因此,歌曲的比喻常常是介于"近距"和"远距"之间的"中距"。我们可以看到,"近距"过浅,"远距"过涩,"中距"比喻在歌曲中普遍存在。

眼睛星样灿烂　眉似新月弯弯
穿着一件红色的纱笼　红得像她嘴上的槟榔
——庄奴《南海姑娘》

她那粉红的笑脸好像红太阳
她那活泼动人的眼睛好像晚上明媚的月亮
——王洛宾《在那遥远的地方》

即使以下的比喻意象,比喻两极之间看起来有一定距离,但因为歌众对意象比较熟悉,也只能算是一种"中距"。

花瓣雨　像我的情衷
誓言怎样说才不会错

---

① 《保罗·策兰诗文选》,王家新译,河北教育出版社,2002年,第9页。
② 同上书,第11页。

拥抱到天明算不算久

花瓣雨　飘落在我身后

花瓣雨就像你牵绊着我

失去了你　只会在风中坠落

——王中言《花瓣雨》

但是，作为弥补，歌曲中的比喻往往有一种特别的绵延展开处理方式，这样歌词的比喻虽不以突兀、惊人求胜，却可以通过曲喻的运用，蔓延盘生。上文引用的《花瓣雨》的例子，已经出现了"延展比喻"：花瓣曲如爱情，就会牵挂，就会失落，这是曲喻的开始。

曲喻是一种特殊的比喻。钱锺书在《谈艺录》中这样讲解：

> 长吉赋物，其比喻之法尚，有曲折。夫二物相似，故以此喻，然彼此相似，只在一端，非为全体。苟全体相似，则物数虽二，物类则一；既属同根，无须比拟。长吉乃往往以一端相似，推而及之初不相似之他端。余论山谷诗引申《翻译名义集》所谓"雪山似象，可长尾牙；满月似面，平添眉目"者也。如《天上谣》云："银浦流云学水声。"云可比水，皆流动故，此外无相似处；而一入长吉笔下，则云如水流，亦如水之流而有声矣。[1]

"流云"如水，因为同为流动之故，"云如水""水有声"，故"云如水之流而有声"。因此，曲喻是一种比喻的延展，从一个起点出

---

[1] 钱锺书：《谈艺录》，中华书局，1943年，第60页。

发,借助某物某情的一点相似,再进展到一系列的相似。曲喻在17世纪英国玄学派中是常用手法,在现代诗中,曲喻比较少用,但是曲喻非常符合歌曲的情感衍生机制,因为歌曲展开在一条时间和情感线上,常需要层层推进,丰富情感,组合意象。

通常来说,歌曲意象的组合有主要两种方式:并列和递进。这两种方式,都需要用曲喻来推进,同时丰满意象。对并列意象,它的过程是几个平行推进的反复;对递进意象,它的过程是一种层层推动。

并列曲喻　陈晓光作词、谷建芬作曲的《那就是我》是一首佳例:

> 我思恋故乡的小河,
> 还有河边吱吱歌唱的水磨,
> 噢!妈妈,如果有一朵浪花向你微笑,
> 那就是我,那就是我,那就是我。

歌曲并列三段,此为第一段,每一段里有一个曲喻,这一段中,从"小河"到河边的"水磨",到河里的"浪花",然后用"浪花"来比喻"我向母亲的微笑"。虽然第三个喻体离喻本隔了三层,但每层都包含着隐隐约约的关联。

余光中作词的《乡愁四韵》在曲喻应用上异曲同工,四段并出,共抒乡愁。每一段包含一个曲喻,几个意象中层层推出,在整体上形成一个并列关系。

> 给我一张海棠红啊海棠红,
> 血一样的海棠红,

沸血的烧痛是乡愁的烧痛,
给我一张海棠红啊海棠红。

给我一片雪花白啊雪花白,
信一样的雪花白,
家信的等待是乡愁的等待,
给我一片雪花白啊雪花白。

海棠叶红,红可比"血",血沸腾是为乡愁,而海棠的原喻本是中国地图。"雪花白"如信笺,信笺应当从家乡来,家乡信不来让人愁苦,最后的喻底是等待中白了的少年头。歌曲写得极平易却富于张力,其张力主要是由曲喻提供的。

递进曲喻　许多歌曲通常只有一个集中的意象,或者叫主要意象,曲喻往往在主要意象上反复盘旋,把本来比较简单的意象,向纵深处衍义。李海鹰作词作曲的《弯弯的月亮》,意象的层层推进相当鲜明。

遥远的夜空有一个弯弯的月亮,
弯弯的月亮下面是那弯弯的小桥,
小桥的旁边有一条弯弯的小船,
弯弯的小船悠悠是那童年的阿娇,
阿娇摇着船唱着那古老的歌谣,
歌声随风飘飘到我的脸上,
脸上淌着泪像那条弯弯的河水。呜——
弯弯的河水啊流进我的心上。呜——
我的心充满惆怅不为那弯弯的月亮,

只为那今天的村庄还唱着过去的歌谣。

从小船到初恋的姑娘,到姑娘唱的歌,到歌声飘到的脸,再到脸上的泪,泪如河,河映月亮,月之故乡,在一层层相互引发的曲喻中,思乡的忧伤变得复杂而浓烈。再比如陈彼得作词作曲的《一条路》,从一条路开始,到走过的人,到走过的山水,到走过的时光,层层递进写出了人生丰富的历程。

一条路　落叶无迹
走过我　走过你
我想问你的足迹
山无言　水无语
走过春天　走过四季
走过春天　走过我自己

总的说来,歌曲受其功能和听觉效果的限制,无论多个意象并列推进,还是一个或多个意象层层推进,歌曲的意象都必须丰而不繁,总是围绕一条情感线,一种方向,并列或回旋,配合音乐,渲染积蓄,推涌向前。这一点和现代诗靠出奇制胜的旨意并不完全相同,歌曲中的曲喻有其特色。

歌曲赏析与延伸思考

《昨天》(Yesterday),由英国披头士乐队唯一至今还活着的成员保罗·麦卡特尼(Paul McCartney)创作,此歌被多名歌手翻唱过,打破了歌曲史上最高翻唱记录,仅在美国电台与电视台就被播放过700万次。此歌是如何用一个普通得没有感觉的歌题,勾起人类本能的"回忆"？歌词又是如何创造一种复义效果的？

Yesterday, all my troubles seemed so far away

Now it looks as though they're here to stay

Oh, I believe in yesterday.

Suddenly, I'm not half the man I used to be,

There's a shadow hanging over me.

Oh, yesterday came suddenly.

Why she had to go I don't know she wouldn't say.

I said something wrong, now I long for yesterday.

Yesterday, love was such an easy game to play.

Now I need a place to hide away.

Oh, I believe in yesterday.

Why she had to go I don't know she wouldn't say.

I said something wrong, now I long for yesterday.

Yesterday, love was such an easy game to play.

Now I need a place to hide away.

Oh, I believe in yesterday.

第二讲 歌词立象衍情

一 "意象"与"情象"

任何一种形象在一定的语境中都能同时呈现意义和情感两种状态。中国诗将这包含有主观情感的客观具象称为"意象",指归主要在于立象呈意。西方意象派创始人埃兹拉·庞德的"意象"重在开发感觉,他认为"只有意象的瞬间出现才给人以突然解放的感觉;才给人以摆脱时间局限与空间局限的感觉;才给人以突然壮大的感觉;这在我们读最伟大的艺术作品时各有所体验"。

诗歌意象远比歌词复杂,诗歌意象的分类,也就成了诗歌理论重要的一环。学者各有分类。比如,威尔斯(H. W. Wells)在他的《诗歌意象》一书中,依据视觉感受,将意象分为七种两类型:装饰性意象、强合(或浮夸)意象、精致意象、繁复意象、潜沉性意象、基本意象、扩张意象[1],并认为后三种特别具有文学性、内在性及旺盛的繁殖性,而前面的四种大多是图像式的、视觉性的、明显而精致的。

---

[1] 转引自勒内·韦勒克、奥斯汀·沃伦:《文学理论》,刘象愚等译,江苏教育出版集团,2005年,第230页。

歌词立象是为了衍情。歌曲偏重于创造一个能激发心绪的"感情之象",即"情象"。它不停留在表意上,也不停留在语言文字上,它必须激发心绪,产生强烈的情感。歌曲的特点,决定了它更倾向于视觉性的意象,在短暂的时间里,快速调动出情绪,而不作沉潜性的思考。L. A. 瑞恰兹在《文学批评原理》里指出:"人们总是过分重视意象的感觉性。使意象具有功用的,不是它作为一个意象的生动性,而是它作为一个心理事件与感觉奇特结合的特征。"对歌曲作者来说,寻找这样一个具有将"心理事件与感觉奇特结合的特征"的"情象",才能呼唤出歌众的情感。

二 缘情重构

《两只蝴蝶》是 2004 年最富争议的一首网络歌曲,不少歌曲研究者都谴责它的浅显、媚俗。然而,这首歌却成为 2004 年最热门的歌曲之一。我认为其中重要的原因之一,在于歌曲巧妙地重构了"两只蝴蝶"这种最容易激发歌众情感的"情象"。两只蝴蝶追逐飞翔是自然界中最容易起兴染情的现象,加上家喻户晓的《梁祝》故事,更容易叠加于歌众的想象中。所以这首歌能成功流传,至少是歌曲作者充分调动了歌众对这个"情象"的心理反应。

2014 年,一首《小苹果》风靡大陆,同样也与"小苹果"这个人们熟悉且生动的"情象"制造的效果有关。

陆机的《文赋》"遵四时以叹逝,瞻万物而四纷。悲落叶于劲秋,喜柔条于芳春。心懔懔以怀霜,志眇眇而临云",其实也传达了"物"与"情"呼应的心理现象。歌曲正是在这种心理机制中,发挥出它的表情功能:以意象带动"知、情、理、意"合而为一,从而使歌众在情绪上应合。

意象被多次重复使用后,就会老化、死亡,变成平板词汇,不再是一个活生生的意象。因此文学家不断地努力,把意象激活。这个重构过程,常被称为"再语义化"。歌曲的意象经常借其缘情而重构。

三 熟而不俗

不同于诗歌意象的刻意求险求异求怪,歌曲情象的"再语义化",更注重意象的"熟而不俗"。大多数流传的歌曲中,歌曲意象都为人们所熟悉,甚至就是风花雪月、草木树林、江河日月等,但如何在"熟"的基础上做到"不俗",这是歌曲的独创性所在。这就要求把熟悉的形象语言重新加以"陌生化",即置放在新的语境中,给予新的"再语义化"表达方式。

比如,"花"是歌曲中常用的意象之一,输入"花"一词,通过百度网络 MP3 歌曲搜索,就能找出 1900 多首与"花"相关的歌曲,因此,情歌写"花",容易滥俗意象。

然而,许多歌曲通过对"花"意象的具体化或变形,营造出"熟而不俗"的效果。江苏民歌《茉莉花》被誉为江南民歌"第一歌",早在两百多年前,由玩花主人选辑,钱德苍在清乾隆年间(1736—1759)出版的戏曲剧本集《缀白裘》六集卷一中,就有相近歌曲的记载:"好一朵茉莉花,好一朵茉莉花。满园的花赛不过了它,本待要,采一朵戴,又恐怕看花的骂;本待要,采一朵戴,又恐怕看花的骂。"1838 年贮香主人所编的《小慧集》中,民歌《鲜花调》的唱词也很与此相近。据《中国经典民歌赏析指南》记载,《茉莉花》也是最早传到国外的一首中国民歌,大约在乾隆五十七至五十九年(1792—1794),首任英国驻华大使的秘书、英国地理学家约翰·

巴罗(1769—1848)回国后,于1804年出版了一本《中国旅行记》,书中提到《茉莉花》"似乎是中国最流行的歌曲之一"。由于《中国旅行记》的巨大影响,1864到1937年间欧美出版的多种歌曲选本和音乐史著述里都收入了《茉莉花》。其中意大利作曲家普契尼在《图兰多特》中的男声齐唱,有浓郁的中国民歌风格,将《茉莉花》的影响扩展到整个世界。

> 好一朵茉莉花,
> 好一朵茉莉花,
> 满园花草香也香不过它;
> 我有心采一朵戴,
> 又怕看花的人儿要将我骂。

"采花"这个非常陈旧的熟语,因为担心被看花的人骂,语象突然更新,程式化象征落入全新的情感语境,意义突然出现幽默化的转折,但是文字并没有故作深奥,情象却恢复了活力。

当代歌曲中,词作者依然钟情"花"这一情象,更乐意从不同的角度充分拓展、运用它,歌曲中出现了《女人花》《海上花》《鲁冰花》等多首新鲜奇特的"花"歌。

另外,我们还可以从民歌中吸取灵感,比如这首很有趣的《桃花红 杏花白》:

> 榆树树你就开花啊 圪针针你就多,
> 你的心眼比俺多呀 啊各呀呀呆。
>
> 锅儿你就开花下不上你就米,

不想旁人单想你呀　啊各呀呀呆。

这是陕西左权"开花调"民歌的代表曲目,是典型的"开花调"格式要求,每段都必以花起兴,但这首歌巧妙的是每段的一种种花突然变成"锅儿开花""正要下米","花"这个陈旧意象突然变成"水花"之花,非花之花——花中最特别之花。但"锅儿开花"又是老百姓日常生活中最熟悉的情景,这是歌曲意象"熟而不俗"的最好例子之一。

当代词作家林夕作词、柳重言作曲的《红豆》也是个佳例:

还没为你把红豆　熬成缠绵的伤口
然后一起分享　会更明白相思的哀愁。
还没好好地感受　醒着亲吻的温柔
可能在我左右　你才追求孤独的自由

歌曲将古诗词中王维的"红豆"意象,巧妙地改成当代人的情感,让歌众从歌题到意境上都有一种熟而不俗的感受。

四　新而不奇崛

歌曲意象的缘情重构,也要求歌曲尽可能选择新颖但不怪异的情象。比如"蛇"意象,常常被诗人钟爱,现代诗人冯至的《蛇》,就是"蛇"象征的复杂展开。但在歌曲中一般不使用怪异且褒贬不明的象征,即便使用,也很难取得好的流传效果。比如伍佰演唱的《蛇》,词作家试图以"蛇"开辟新意,结果效果却相反。"你是一条婀娜的蛇,/蜿蜒在银色的月河。/闪亮的身躯舞动着舌,/夜晚的星空唱着歌。"通常来说,意象激发的情绪必须和歌众的期待情绪走向同一个方向,如果引起的心理感受相抵触,意象就不能产生应有的期待效果。

台湾诗人纪弦曾有一首诗《狼之独步》,用来比喻诗人个人主义的孤高独行。诗原文:"我乃旷野里独来独往的一匹狼。/不是先知,没有半个字的叹息。/而恒以数声凄厉已极之长嗥,/摇撼彼空无一物之天地,/使天地战栗如同发了疟疾;/并刮起凉风飒飒的,飒飒飒飒的:/这就是一种过瘾。"

如此意象自况,一般只能出现在允许个人化程度较高的诗中。齐秦的歌取其意象、意境,甚至一部分词汇,创作了《北方的狼》,险中取胜的秘诀在于用情贯之:

> 我只有咬着冷冷的牙,
> 报以两声长啸,
> 不为别的,只为那传说中美丽的草原。

对歌曲的接受,歌众有一种"褒义倾斜"心理机制,比如上面的这首《北方的狼》以及下面的《蜗牛与黄鹂鸟》,在歌曲中,意义都会向褒义倾斜,谦卑的形象却以一种可爱的姿态出现:

> 阿门阿前一棵葡萄树,
> 阿嫩阿嫩绿地刚发芽,
> 蜗牛背着那重重的壳呀,
> 一步一步地往上爬。

歌曲中可以有贬义词,比如指敌人为"豺狼",但歌曲以褒颂居多,因此需要不断更新一些正面形象词,使之向褒义倾斜,这也是对歌曲的一大考验。

另外,歌曲的意象组合也与诗不同。汉语语法重并置少连接的特点,给汉语诗歌意象组合以极大方便,诗还可以通过省略、跳跃组合来增加意象密度,增强多义效果,但歌曲意象组合不追求跳跃,而需要连贯、统一。

歌曲赏析与延伸思考

《永远的草莓地》(Strawberry Fields Forever),由英国著名摇滚乐队披头士(The Beatles)核心成员约翰·温斯顿·列侬(John Winston Lennon,1940—1980)创作,列侬是诗歌音乐家、诗人、和平主义者、社会活动家,这首歌也是"迷幻摇滚"(Psychedelic Rock)的代表名曲,有一种梦幻气氛。它似乎只是列侬对儿时生活的回忆,"永远的草莓地"这个经典意象,承载了列侬的童年梦想,以及艺术家成长过程中与这社会不断妥协的"与众不同"。如今在世界很多地方,人们不仅用"草莓地"来纪念列侬,也通过这首歌追忆和童年联系在一起的美好岁月。

No one I think is in my tree
I mean it must be high or low
That is you can't, you know, tune in but it's all right
That is I think it's not too bad

Let me take you down, Cause I'm going to Strawberry Fields
Nothing is real and nothing to get hung about
Strawberry fields forever

Living is easy with eyes closed

Misunderstanding all you see

It's getting hard to be someone but it all works out

It doesn't matter much to me

Always no sometimes think it's me

But you know I know when it's a dream

I think I know I mean a yes, but it's all wrong

That is I think I disagree

第三讲　歌词的曲式

一　曲式

歌词与曲式共时互生。这种现实场景似乎不可能产生于独立的词作家和曲作家之间(创作型歌手除外),但在两者的创作过程中,歌词与曲式都互为对方的潜在寻找对象,并虚拟地存在着,这就是歌曲与音乐之间的完型心理。① 词要曲来完型,曲也要词来完型,才能构成歌曲这种完型样式。同样,词作家和曲作家心里也必须存在着这种互补的完型心理。

曲式原指音乐曲调发展过程中形成的有规律性的结构方式,比如器乐中的"奏鸣曲""回旋曲""序曲""交响曲"等。"歌词的曲式"是指歌词配合音乐的结构组织方式。歌词的曲式可以分为

---

① 完形心理学(Gestla Psychlogy),也称为格式塔心理学,是西方现代心理学的主要流派之一。1912 年诞生于德国,在美国得到进一步发展,与原子心理学相对立。该学派主张心理现象最基本的特征是在意识经验中所显现的结构性(即格式塔)或整体性,反对构造心理学的元素主义或行为主义的刺激反应公式,认为整体不等于部分之和,意识经验不等于感觉和情感元素的总和,也不是观念的简单联结等,概言之,格式塔心理学是一种反对元素分析而注重整体组织的心理学理论体系。

外部曲式和内部曲式。

外部曲式指歌词富有音乐性的段落结构。内部曲式是指歌词内部音乐性的构造方式。

二 外部曲式

以《诗经》为例,《诗经》都是入乐的歌曲,曲谱已经失佚,但音乐家杨荫浏依然可以从歌词中分析出《诗经》包含的曲式。

> 从《诗经》第一类《国风》的歌辞中间,最容易看出民歌曲调的重复和变化情形。从第二类《雅》——包括《小雅》和《大雅》——的歌曲中间,也可以看出,在贵族文人的写作后面,有着民间的歌曲为基础;它们的结构形式,大体与民歌相同,是出于民歌的体系。只有第三类统治者所特别重视的《颂》,见得是比较杂乱、不规则,很少与民歌有共同之处。除了《颂》可不予注意外,在《国风》和《雅》两类歌曲中间,我们可以看到十种不同的曲式。①

这是从歌词追溯音乐曲式。同样,《楚辞》中的曲式,也是可以从歌词中寻找到的音乐因素。杨荫浏对宋词的音乐性的寻找也是从词本身开始的。由此可见,歌词或歌词背后的音乐结构与外在曲式经常一致。

歌词从《诗经》出发,一路走来,已经积累了极其丰富的体式。

---

① 杨荫浏:《中国古代音乐史稿》(上册),人民音乐出版社,2003年,第57页。

单纯从杨荫浏分析出的《诗经》中的十大曲式看,在现代歌曲中依然存在。列举如下:

(1)《桃夭》曲式(《国风·周南》):A1 + A2 + A3 +......,歌例《在那遥远的地方》。

(2)《殷其雷》曲式(《国风·召南》):(A1 + 主歌) + (A2 + 主歌) + (A3 + 主歌),歌例《让世界充满爱》。

(3)《苕之华》曲式(《小雅》):(A1 + B) + (A2 + B) + (A3 + B),歌例《叫我如何不想她》。

(4)《东山》曲式(《国风·豳风》):(A + B1) + (A + B2) + (A + B3),歌例《马儿啊,你慢些走》。

(5)《野有死麋》曲式(《国风·召南》):(A1 + A2 + A3) + B,歌例《妈妈的歌谣》。

(6)《丰》曲式(《国风·郑风》):(A1 + A2) + (B1 + B2),歌例《故乡的云》。

(7)《行露》曲式(《国风·召南》):引子 + A + B......,歌例,《我爱你,中国》。

(8)《斯干》曲式(《小雅》):A1 + B + A2 + C + A3,歌例《旗正飘飘》。

(9)《大明》曲式(《大雅》):A + B;歌例《梦驼铃》。

(10)《九罭》曲式(《国风·豳风》):A + B1 + B2 + B3 + C,歌例《一支难忘的歌》。

三千多年前《诗经》中保持的古歌结构,依然在现代歌曲中重现,这不是有意的继承,而是歌曲本身的要求,也是歌词对音乐的各种召唤可能。这些应和方式并没有随时代变化而消失,正在于歌词作为一种特殊的艺术所具有的内在基本构造原则。

三 内部曲式

歌词内部有一种"呼唤"和"应答"的呼应关系。它要求情感方向同一，顺势推进，而不造成歧义，音节美依存于时间节奏。虽然这种呼应关系缘于中国传统的阴阳二元的思考方式，但在歌词中更多地强调了同一方向上的延伸。现代歌词中也会出现"悲伤着你的悲伤，幸福着你的幸福""外面的世界很精彩，外面的世界很无奈"这样类似对偶的反向呼应，但大部分歌词在情感线上，依然偏重顺延。

问答式呼应　最简单最明显的呼应方式是问答。这在民歌和仿民歌中尤其多见。问答式呼应可以连续一问一答，通常以双句展开。例如，这首石顺义作词、孟庆云作曲的《黄河源头》：

（呼）黄河的源头在哪里？
（应）在牧马汉子的酒壶里。
（呼）黄河的源头在哪里？
（应）在擀毡姑娘的歌喉里。
（合）浑格嘟嘟地流呀流，流千年积怨；
　　　甜格润润地飞呀飞，飞千里万里。

前四行是明显的问答式呼应，后两行实际上也是呼应，几乎是中国传统的对偶呼应之变体。由"怨"到"甜"，由"流"到"飞"，完成对黄河形象丰富性的描绘。

多问多答往往是上半段歌提出一连串的问题，下半段给予一个个的解答，有时歌曲很像对唱，实际上却没有用对唱形式。例如，陕西民歌《黄河船夫曲》：

（呼）你晓得天下黄河几十几道弯哎？
　　　几十几道弯上几十几只船哎？
　　　几十几只船上几十几根竿哎？
　　　几十几个（那）艄公（嗬约）来把船来搬？
（应）我晓得天下黄河九十九道弯哎，
　　　九十九道弯上九十九只船哎
　　　九十九只船上九十九根竿哎，
　　　九十九个（那）艄公（嗬约）来把船来搬。

　　这首歌曲多问多答形成集束呼应，看来似乎是民歌的特点，由于文体之密集堆叠，形成很大的压力，它的呼迫切，对于应的召唤更强烈。
　　问答呼应比较大规模地在段与段之间展开，更是普遍。往往上半段形成一个复杂的呼，下半段形成细致的应。所有的对唱歌曲中，都包含了这种呼应结构。也有很多歌，不用对唱，也包含着问答呼应的式，比如《兄妹开荒》《桃花江上美人多》《东方之珠》《九九艳阳天》《两地书母子情》《龙船调》《化蝶》《分飞燕》等，这首倪维德作词、施光南作曲的《月光下的凤尾竹》：

（呼）月光下的凤尾竹哟，
　　　轻柔啊美丽像绿色的雾哟，
　　　竹楼里的好姑娘，
　　　光彩夺目像夜明珠。

听啊多少深情的葫芦笙，
对你倾诉着心中的爱慕。
金孔雀般的好姑娘，
为什么不打开你的窗户？
(应)月光下的凤尾竹哟，
轻柔啊美丽像绿色的雾哟，
竹楼里的好姑娘，
歌声啊甜润像果子露。
痴情的小伙子，
野藤莫缠槟榔树，
姑娘啊她的心已经属于人，
金孔雀要配金马鹿。

此首歌的问答式呼应，是最明白无误的呼应方式，但绝大部分歌词的呼应方式更为隐蔽。它们可以存在于词与词之间，句行与句行之间，段与段之间，以及整首歌词中，构成一种由小到大的顺序递增结构。修辞呼应更具体细微，往往存在于词句之间。

排列式呼应 排句式呼应在词语呼应之间，用得最为广泛，几乎是古典诗对偶的现代变体。包括词义呼应、词性呼应、色彩呼应、时序呼应等。例如下面例子：

"太阳"与"月亮"，"金"与"银"，"山"与"河"，无论从词义、词性、色彩上都构成了一种呼应关系。

太阳，太阳像一把金梭，
月亮，月亮像一把银梭。

——李幼容《金梭和银梭》

我们亚洲,山是高昂的头,
我们亚洲,河像热血流。

——张藜《亚洲雄风》

我爱你碧波滚滚的南海,
我爱你白雪飘飘的北国。

——瞿琮《我爱你,中国》

与诗对偶不同的是,歌词的呼应在词义对应上并不严格,这些歌词实际上是排句。因此往往按四季(《四季歌》)、十二月(《绣金匾》)等排列。此时,以时间为呼,应的是每季、每月的情事。

春季到来绿满窗,
大姑娘窗下绣鸳鸯。
忽然一阵无情棒,
打得鸳鸯各一方。
夏季到来柳丝长,
大姑娘漂泊到长江。
江南江北风光好,
怎及青纱起高粱?

——田汉《四季歌》

句间呼应有些类似于连续问答。只是通常并不以问答形式出现,此时呼应结构隐蔽,呈现得更为复杂。例如,侯德建作词作曲的《龙的传人》,问句不像提问,而是待进一步解释的语句,这样依然构成句间呼应。

(呼)遥远的东方有一条江

(应)它的名字就叫长江

(呼)遥远的东方有一条河

(应)它的名字就叫黄河

(呼)虽不曾看见长江美

(应)梦里常神游长江水

(呼)虽不曾听见黄河水

(应)澎湃汹涌在梦里

在这种结构中,经常见到的是上句与下句并列,具有相同构造的二句的重复,自然而然产生的节奏韵律,意义互增。

彭邦桢的《月之故乡》,歌词中包含了句间呼应,句与句之间呈现出不同的呼应关系。

天上一个月亮,水里一个月亮,

天上的月亮在水里,水里的月亮在天上。

低头看水里,抬头看天上,

看月亮,思故乡,

一个在水里,一个在天上。

每两句形成排句,整首歌词形成一个大呼应,看到的月亮与想念的月亮不同。最后是词尾总体呼应——望月思故乡,这个古老的旧意象由于反复的呼应而更新,重新变得感人。

扩展式呼应 呼应作为歌词最基本的结构,一旦加以扩展,就成为起承转合,起承转合是呼应的基本结构延伸。

旋律的构成原理对歌词同样适用,歌词内部结构的起承转合,正是呼应结构之扩大,呼应旋律的起承转合而生。对于这个规律,明代词曲学家王骥德也有同样看法:"作曲者,亦必先分段数,以何意起,何意接,何意作中段敷衍,何意作后段收煞,整整在目,而后可施结撰。此法,从古之为文,为辞赋,为歌诗者皆然。"①

一首歌曲大到整个篇章,小到每个段落,大多呈现着一种起承转合的结构,他们构成了情感起伏的旋律线。但因为篇幅的限制,常常在"承"和"转"部分只保留一种。

歌词的起承转合可以在以下几种情形中体现,以歌词的内容和情感发展为线索。以阎肃作词、孟庆云作曲的《长城长》为例:

(起1)都说长城两边是故乡,
　　　你知道长城有多长?
　　　它一头挑起大漠边关的冷月,
　　　它一头连着华夏儿女的心房。
(起2)都说长城内外百花香,
　　　你知道几经风雪霜?
　　　凝聚了千万英雄志士的血肉,
　　　托出万里山河一轮红太阳。
(承)太阳照啊,长城长,
　　　长城啊雄风万古扬,
　　　太阳照啊,长城长,
　　　长城啊雄风万古扬。
(合)你要问长城在哪里?
　　　就看那一身身,一身身绿军装。

---

① 王骥德:《曲律·论章法》。

你要问长城在哪里,

就在咱老百姓的心坎上,心坎上。

这首歌词第一、第二段是"双起",内容重而不复,第三、第四段是"转",最后两段是"折"。而在每段落中,也可以看到小的起承转合。同时,在词和词之间,句段之间也都存在着呼应结构。再从歌词与乐句配合来看,曲式、歌词的前两段,内容在并列中递进,乐句上却在重复,歌词与音乐的内外呼应非常整齐。

歌词内部结构的起承转合,不仅是呼应外部音乐结构的要求,也保证歌词本身结构的完整性,使歌词释放的情感符合歌众的接受心理。

四 演唱形式与曲式

歌可以创造多种演唱方式,通常来说有独唱、对唱、合唱、伴唱等。这些不同方式的演唱,也会要求歌词从内容到形式上的呼应。独唱方式对歌词的要求相对减弱,比起其他形式来,有更多的自由。而其他几种方式,对歌词的曲式和内容都有很大的制约作用。

对唱 通常有角色的设定。角色关系,很大程度上决定了歌词的情感和内容。比如,由向彤作词,王祖皆、张卓娅作曲的母子对唱《两地书,母子情》:

孩子啊孩子,春天我想你,

小燕做窝衔春泥。

你在远方守边疆,

何时何日是归期?

妈妈啊妈妈,春天我想你,
咱家的果园可曾绿?
妈妈啊妈妈我想你。
门前的枣树仍依旧?
风车小桥在梦里。

情歌对唱则更加紧密应和,例如这首《选择》:

(男)风起的日子笑看落花
(女)雪舞的时节举杯向月
(男)这样的心情
(女)这样的路
(合)我们一起走过

伴唱 独唱部分,通常是歌词主题,伴唱的内容常常是重复并强化情感。比如这首《我想去桂林》:

(伴)我想去桂林呀　我想去桂林,
(独)可是有时间的时候我却没有钱;
(伴)我想去桂林呀　我想去桂林,
(独)可是有了钱的时候我却没有时间。

合唱 通常由领唱和合唱两部分组成,领唱部分往往抒情缓慢,合唱部分要求气势雄壮,多为反复,构成一唱三叹的复沓效果。比如乔羽作词、刘炽作曲的《我的祖国》:

（领）姑娘好像花儿一样，
　　　小伙儿心胸多宽广。
　　　为了开辟新天地，
　　　唤醒了沉睡的高山，
　　　让那河流改变了模样。
（合）这是美丽的祖国，
　　　是我生长的地方。
　　　在这片辽阔的土地上，
　　　到处都有明媚的风光。

歌词与音乐的呼应结构构成了歌词和音乐各自的完型，也为歌词与音乐的相互配合提供了鲜明的情感有形结构。

通过以上分析，我们可以看出，歌词与曲调之间存在着一种呼应关系，词的情绪变化，词的叙述的转折，词的形式（如韵）的改变，都会要求曲调给予配合，作曲家自然会对词的呼唤作出反应。这样，存在于词作家头脑中的"词的曲式"，与存在于曲作家头脑中的"曲的词式"，便一起将歌词的最基本呼应结构原则延展到词与曲之间。

歌词不是单纯的语言艺术，词作家首先要有音乐意识，才能写好一首歌。在此基础上，更多的创意结构会带动曲式创新。

歌曲赏析与延伸思考

《答案在风中飘》（Blowin' in the Wind），是美国摇滚歌手兼词曲作家鲍勃·迪伦（Bob Dylan，1941—　）创作的名曲。2008年，迪伦以其"对流行音乐和美国文化产生深刻影响，以及歌词创作中非凡的诗性力量"获得第92届普利策文学奖特别荣誉奖。此歌用最简单的曲式,问答式呼应构成排比的起头,唱出一个人成长过程中对世界的思考和追寻。

How many roads must a man walk down
Before they call him a man
How many seas must a white dove sail
Before she sleeps in the sand
How many times must the cannonballs fly
Before they're forever banned
The answer, my friend, is blowin' in the wind
The answer is blowin' in the wind

How many years must a mountain exist
Before it is washed to the sea
How many years can some people exist
Before they're allowed to be free
How many times can a man turn his head
Pretending he just doesn't see
The answer, my friend, is blowin' in the wind
The answer is blowin' in the wind

How many times must a man look up
Before he can see the sky
How many ears must one man have
Before he can hear people cry
How many deaths will it take till he knows

That too many people have died

The answer, my friend, is blowin' in the wind

The answer is blowin' in the wind

第四讲　歌词的节奏与韵律

一　歌词句式

节奏和韵律是构成歌曲音乐性的两个重要因素,两者都是语音上的反复回旋。歌曲的节奏以短语为单元节奏,这个短语可能是一个音素,也可能是一组词语。短语节奏的灵活性,给歌曲的句式变化提供了极大可能。

歌词的句式有长有短,长句精细、密集,有助于抒发细腻丰富的感情;短句简洁上口,容易记住。

句式为"等长句","长短句"。在实际创作中,长短句并用,以短句为主。每句通常从一字到十个字左右。

歌词中,三字句、五字句、七字句最为常见,都为短语作单元节奏。比如:

三字句:苗岭/秀,溪水/清
五字句:莫愁湖/边走,春光/满枝头
七字句:白鸽/奉献给/蓝天,星光/奉献给/大地
九字句、十一字句等,基本都是前三种的扩充。
垛字句:

哪怕它美蒋勾结、假谈真打、明枪暗箭、百般花样，

怎禁我争议在手、仇恨在胸、以一当十，誓把那反动派一扫光。

——京剧《智取威武山》

我走东岭、西岭、南岭、北岭，东南西北，岭上过哎，

望见前面、后面、左面、右面，前后左右，一片好庄稼哎。

——江西武宁山歌《丰收山歌随口来》

二　押韵原则

押韵的目的是将"把涣散的声音联络贯串起来，成为一个完整的曲调"，以此增强歌词的音乐性，让歌众容易记住歌词。作为间隔的反复，韵本身是一种节奏因素，同时加强了歌词的节奏与音乐性。

在不同的语言中，韵的构成方式是不一样的。有头韵、行内韵、单式脚韵、复式脚韵，汉语诗和歌曲中的押韵主要是单式脚韵。

韵脚在现代汉语诗中时有时无，到当代诗中，更是个可选项。在歌词中是否必要，论者与词作家各有不同看法。应当说，韵可以加强音乐性，在当代各种语言中，歌词相对用韵较多，但并非无韵不成歌词。在汉语中，韵本指一个音节的韵母部分。汉语发音的特点是均以元音首位，辅音中只有——n 和——ng 附着于元音出现在韵尾，元音属于乐音，音质圆润、响亮、悠扬、悦耳。歌曲中同韵母的音节前后呼应，制造一种音乐效果，谓之为押韵。"异音相

从谓之和,同声相应谓之韵。"①

汉语用韵历史悠久,《诗经》中的诗基本都用韵,且单韵。许多民族的诗歌语言在古代本没有脚韵,以英诗为例,古代英诗不押脚韵,至多以双声押"头韵",如著名诗史《贝尔武甫》。用脚韵"是由外方传去的。韵传到欧洲至早也在耶稣纪元以后"。② 韵脚传到欧洲后,英诗用韵渐多,但也遭抵制,譬如弥尔顿在《失乐园》中坚持不用韵,在序里骂韵脚是"野蛮人的玩意儿"。后来的浪漫主义诗人却沉迷于此,在脚韵上弄出很多变化。

一般说,西方语音韵部过多过散,英语有两千左右种韵部,俄语更多,押韵是对诗人语言功夫的极大考验。相反,日语就是因为押韵过于容易,诗歌基本放弃押韵。

汉语韵部,大多数分法都只有十九部③,押韵本身并不难。现代歌词押韵主要来源于"十八韵"和"十三辙"。明清以来,说唱文学将"押韵"称为"合辙"。

普通话韵母分为十三辙,十八韵。吴颂今总结出一个有趣的十三辙口诀:"月下一哨兵镇守在山冈多威武""小佳人扭捏出房来东西南北坐"④。

再奇峭的"险韵",也不会使诗句过于勉强凑韵,所以既避开了西语之难造成人工斧琢之痕太深,也不至于如日语太易。现代

---

① 刘勰:《文心雕龙·声律篇》。
② 朱光潜:《诗论》,三联书店,1998年,第211页。
③ (清)代戈载著:《词林正韵》,韵目用《集韵》标目,分目繁多,但分部,也只有十九部。后来词人和研究者,很多以此为依据。比如,龙榆生《唐宋词格律》,收录的《词韵简编》,以此十九部辑录。上海古籍出版社,2003年,第185—203页。
④ 吴颂今:《歌词写作十八讲》,人民音乐出版社,2012年,第87页。

汉语歌曲中,大部分歌曲保持押韵,这是词作家都注意到的现象。

从发声效果来看,韵可以分成响韵(开口韵),哑韵(闭口韵)。

不同的韵有不同的风格效果。响韵发音响亮,具有明亮、宽广、高昂的效果。哑韵发音不太响亮,具有柔和、微弱、低沉的效果。比如江阳韵豪放,明亮;姑苏韵、一七韵柔和,阴美。但韵的响亮都是相对的,只能作为歌词创作的参考,而不是教条的标准。

但有一点重要参考是,在四声中的去调、高潮或高音区域,尽量采用响韵,以方便演唱者的高音处理。

押韵的大致原则为:

(1)逢双押韵。也就是所谓的"一三五不论,二四六押韵"。

(2)根据歌词的内容和情绪定韵脚。

(3)根据歌词中的关键词定韵脚。

(4)根据歌词标题的韵脚定韵脚。

(5)合辙押韵不能因韵害意。

(6)避免用字重复造成重韵。

三　转韵与转调

歌曲的用韵方式很多,通常一韵到底的歌曲,在歌曲结构上以音乐为内容情感线索。对韵脚有变化的歌曲,"转韵"常常暗藏着情感转折的路线,转韵呼唤相应的音乐变化。以席慕蓉作词、李南华作曲的《出塞曲》为例:

请为我唱一首出塞曲,
用那遗忘了的古老言语。

歌曲前两句的韵脚用的是一七韵,但是第三、第四句很快地韵脚转成了"言前韵":

请用美丽的颤音轻轻呼唤,
我心中的大好河山。

而下面的歌句又改为"江阳韵":

那只有长城外才有的清香,
谁说出塞歌的调子太悲凉。
如果你不爱听,
那是因为歌中没有你的渴望,
而我们总是要一唱再唱。

韵脚的改变,自然形成了一种转折,继而要求音乐旋律作出相应的转折呼应。十一郎作词的《囚鸟》A段(副歌)是"遥条辙",B段主歌换成来"一七辙"。李宇春等作词的《Why Me》中英文杂糅的歌词,转韵也很自如。

转调是指在一首乐曲中,某些乐段,由于音乐的需要从一种调性转到另一种调性。调性决定着主音的高度,从而决定了主音和其他各音之间的音程关系。改变调性,意味着改变了原来的音色,而建立新的主音和各音之间的音程关系,给歌众造成不同的听觉刺激。由于情感的需要,作曲家往往会根据歌曲意义和情感的转变,通过调性转换以增强或应合这情绪变化,以达到更好的效果。反之,歌曲的情绪抑扬,也呼唤音乐的此种表现形式,例如李安修作词、陈耀川作曲的《女人花》:

> 我有花一朵,种在我心中,含苞待放意幽幽。
> 朝朝与暮暮,我切切的等候,有心的人来入梦。
> 女人花摇曳在红尘中,女人花随风轻轻摆动。
> 只盼望有一双温柔手,能抚慰我内心的寂寞。
> ……
> 爱过知情重,醉过知酒浓,花开花谢终是空。
> 缘分不停留,像春风来又走,女人如花花似梦。

前几段呈现为并列关系,在歌曲的最后两句,为了加强音乐效果,旋律从降 B 调转向 F 调,音色的区分,立即让听众感到一种新的情感启示。

转调是许多中外作曲家常用的手法。1981 年,被誉为当代音乐剧之王的安德鲁·韦伯,从诗人 T. S. 艾略特的儿童诗《擅长装扮的老猫经》(Old Possum's Book of Practical Cats)得到灵感,创作了成功的音乐剧《猫》,其中女声独唱的《回忆》,成为歌众最喜欢的歌曲之一。这个歌曲中,随着老猫对逝去的青春年华的层层感叹,音乐出现了多次转调,分别从 C 调转到降 A 调,再转到降 E 调,不同的调性应和歌曲的情感内容。所以,转调看起来是作曲家的事,但好的歌词会通过情感的变化,提供给作曲家转调变化的可能,歌词、曲调两者相得益彰。

四　韵的创新

韵的创新有多种途径,比如把一般不能作为押韵的语气词变成韵脚词。下面的这首李春波作词作曲的《一封家书》就是个例子:

亲爱的爸爸妈妈,你们好吗?
现在工作很忙吧?身体好吗?
我现在广州挺好的,爸爸妈妈不要太牵挂。
虽然我很少写信,其实我很想家。

歌曲语言极其生活口语化,听起来却朗朗上口,是因为借助双行押韵,而且把轻声词"吧""吗"全部加重音,成为明朗的元音。

再看一首丁薇作词作曲的《冬天来了》:

树叶黄了,就要掉了,
被风吹了,找不到了。
太阳累了,就要睡了。

整首歌几乎全部靠最后一个轻声字重读产生韵的效果。重复同字韵在诗歌创作中是应当避免的,在歌曲中,却反而常见,重要原因在于歌曲很少以书面形式出现。

有很多歌者在唱歌的时候,故意在每乐句的最后一个音节上,加上特殊的"双韵脚",形成复韵。比如崔健在演唱他自己词曲的《新长征路上的摇滚》时,每句押韵之外,同时后面都加了一个语气词"呀"字:

听说过,没见过,两万五千里(呀)
有的说,没的做,怎知不容易(呀)
埋着头,向前走,寻找我自己(呀)
走过来,走过去,没有根据地(呀)

周杰伦演唱他自己词曲的《我的地盘》,每句押韵最后一个字儿化:

> 在我地盘这你就得听我的(儿)
> 把音乐收割用听觉找快乐(儿)
> 开始在雕刻我个人的特色(儿)
> 未来难预测坚持当下的选择(儿)

这样产生的韵脚几乎类似西方语音的"双连韵"(double rhyme)或称"阴韵"(feminine rhyme),即押韵的重元音后所有的音都相同(例如,Cater 与 Greater 押韵),歌唱时效果很好。如此每行双连韵,似乎比中国古诗中的"柏梁体"韵更密致。

清人陈祚明在其《采菽堂古诗选》卷五中曾评论曹丕的《燕歌行》[①]:"盖句句用韵者,其情掩抑低徊。"钱志熙由此推断,所谓乐府的"长歌""短歌"其实是押韵密疏的结果[②],可见韵律与诗词风格的关联。

现代歌曲对押韵的要求弹性很大。一般说,摇滚、说唱有吟诵风格,押韵相对比较考究,其他歌不一定严格。

歌曲赏析与延伸思考

《给大卫的歌》(A Song for David),由美国摇滚歌手琼·贝兹(Joan Baez)写给其丈夫、美国民权运动领袖大卫·哈里斯(David Harris)的一首动人的政治爱情歌曲。20 世纪 60 年代,大卫因为

---

① 曹丕的《燕歌行》,句句入韵,为"柏梁体"。
② 钱志熙:《汉魏乐府的音乐与诗》,大象出版社,2000 年,第 165 页。

号召反征兵而被判刑入狱,贝兹自己也两度被捕,短期入狱。贝兹在这一年录制了专辑《大卫的唱片》(David's Album),风格从民谣转向"乡村摇滚"(Country-Rock),其中包括这首歌。仔细体会歌词的韵律。

In my heart I will wait by the stony gate
And the little one in my arms will sleep
Every rising of the moon makes the years grow late
And the love in our hearts will keep
There are friends I will make and bonds I will break
As the seasons roll by and we build our own sky

In my heart I will wait by the stony gate
And the little one in my arms will sleep
And the stars in your sky are the stars in mine
And both prisoners of this life are we
Through the same troubled waters we carry our time
You and the convicts and me
There's a good thing to know on the outside or in
To answer not where but just who I am

The hills that you know will remain for you
And the little willow green will stand firm
The flowers that we planted through the seasons past
Will all bloom on the day you return
To a baby at play all a mother can say

He'll return on the wind to our hearts, and till then

I will sit and I'll wait by the stony gate
And the little one neath the trees will dance

第五讲　歌词中的杂语并置

一　听觉优先与杂语

　　歌曲诉诸听觉，依靠声音表情达意，声音是传播歌曲意义和情感的载体。汉语是表意文字，作为歌曲时，汉语的表意优势并不能完全显现，在歌声中它的视觉形象意义会相对淡化，而声音效果会比较显著，这是歌词艺术的一个重要特点。

　　因此，歌曲试图提供一种情感听觉语言，歌曲中各种语言并置围绕这个原则展开，善于运用这一点，就会显示出歌词语言巨大的包容并蓄性。歌曲可以在一个时空中，呈现多种语言文本，这些文本会超越文字和不同语言的藩篱，在声音和情感中获得统一。

　　我们在歌词中经常可以发现听觉效果形成的多声或杂语并置现象。

　　杂语这个概念，最早是由俄国理论家巴赫金提出的，他用"复调"论述语言中叙述者语言与人物语言的冲突，用"对话"概念讨论文学复杂主体之间的关系，用"杂语"概念探讨文化中各种力量的并置与冲突。巴赫金集中讨论长篇小说中各种不同社会背景和历史背景声音的并行与对抗,最后取得一种"语言狂欢"的效果。①巴赫金并未讨论歌词,但是用这种文本文化理论探讨歌词,我们可以发现歌词中的杂语并置现象,比一般文学体裁更复杂,因为它可以包括前语言、消语义词、姿势语,以及各种背景语言。歌词是众生喧哗的语言狂欢场,它能吸引众多的人群,不同的背景,不同的身份。歌词将语言的包容力、感召力发挥到极致。

二 无意义词与有意义词并置

所谓"无意义词",语言学上称它为"类语言",指并不是一个语言固有的词汇,而是用类似语言的方式表现声音,有时称为"拟声词""姿势语",但"杂语"的范围要宽泛得多。

在所有的文本中,无意义词和有意义词并置使用,可能是歌曲独有的特权。鲁迅在谈文学的起源时,曾说过劳动中的号子"吭哟吭哟"可能就是诗歌的开始。歌曲从古到今,依旧保留了这种最原始的意义不明确的情感语词。

20世纪50年代,音乐工作者采集并创作的《川江船夫号子》便是这样一组歌。号子是中国民歌的一种题材类别,它和劳动节奏密切结合,也称劳动号子。号子最初只是自然的劳动呼号,以后逐渐美化成歌腔,并形成一种歌曲的艺术种类。《川江船夫号子》是水域劳作的产物。长江是中国最大的一条水上运输线,水急、岸陡、弯多,自然需要船工们搬桡、捉缆、拉纤等。伴随着这种劳动,船夫们唱出了与之相应的各种号子。"川江船夫号子"就是长江

---

① 钱中文编:《巴赫金全集》,白春仁等译,河北教育出版社,1998年。

沿岸的船工们所传唱的号子的总称。《川江船夫号子》共分八组，平江号子、平水号子、见滩号子、上滩号子、拼命号子以及下滩号子，音乐的节奏随江边地形和水流的变化时急时缓，各种不同的感叹词在领唱和应唱中延绵，而歌曲本身由很少的意义语句和较多感叹词反复应和而成。

除了这类和劳动密切相关的歌曲外，在大量的抒情和叙事歌曲中，这种用法也非常普泛。由郭颂、胡小石作词，汪云才、郭颂作曲的《乌苏里船歌》：

阿朗赫尼哪，阿朗赫尼哪，阿朗赫尼哪，
赫赫雷赫尼哪，阿朗赫尼哪赫雷给根。
乌苏里江(水)长又长，蓝蓝的江水起波浪，
赫哲人撒开千张网，船儿满江鱼满舱。

此歌从旋律到歌曲都展现了东北赫哲族风情。曲调则是根据赫哲族民间曲调《想情郎》改编。而歌曲开头和结尾的"无意义"词(可能是赫哲语记录的声音)，不仅呼应作品的民族风格，还延伸了歌曲的情感空间及少数民族风情。

20世纪30年代关露作词、贺绿汀作曲的《春天里》，无意义句和正常语句并用，表现出一种不畏困难、积极向上的情感：

春天里来百花香
郎里格朗里格朗里格朗
和暖的太阳在天空照
照到了我的破衣裳
朗里格朗朗里格朗

穿过了大街走小巷

为了吃来为了穿

朝夕都要忙

朗里格朗朗里格朗

没有钱也得吃碗饭

也得住间房

哪怕老板娘作那怪模样

朗里格朗里格　朗里格朗里格

朗里格朗朗里格朗

贫穷不是从天降

生铁久炼也成钢　也成钢

再注意这首范立作词、赵光作曲的《我是天真》：

阿噜依哎　噜啦噜　哎　噜啦啦

缤纷的花瓣在纷纷扬扬，

……

我向往快乐飞翔，

啊，快乐飞翔啦里啦里哎，

我要把天真绽放，

啊，让心情朗啦里啦里哎。

歌唱了，人狂了，啊噜依哎，

心跳了，心热了，心儿在鼓掌。

歌唱了，心醉了，阿噜依哎，

我只想，我只让快乐地久天长。

这首歌中,无意义词带来的是节奏的跳跃、情感的呼应。三组无意义词用在歌曲不同的地方,增强了歌曲的变化和动感。在歌唱时,也会有意安排歌曲暂时中断,临时替换语句,使情感表达具有现场即兴的效果。

还有这首古笛作词、黄有异作曲的《赶圩归来啊哩哩》:

蜜一样的啊哩哩,
好生活哩啊哩哩,
花一样的啊哩哩,
彝家女啰啊哩哩。
……
啊哩哩,啊哩哩,
赶圩归来啊哩哩。

"啊哩哩"是彝语,在彝族的语言里,有"OK"的意思,"啊哩哩"也是彝族民族音乐的一种曲调,但在这首歌中,这个彝语不一定需要意义,可以作为一个无意义声音词出现在每句词的结尾,给歌曲带来一种"新韵",制造了一种"重而不复"的自然韵律美,表现欢快情绪,也带出跳跃的舞蹈节奏。

从上面的例子可以发现,无意义词可以自由灵活地出现在歌曲中,可以作起始句,拉开抒情的帷幕;也可以在歌曲的结尾,使歌声意味深长,不绝如缕;亦可并置在句中,让歌曲变得或轻快,或悠扬。可见,无意义词是歌曲重要的组成部分,它在歌曲和音乐中衍生的情感力量是意义明确的词汇所不能代替的。

三　异语并置

异语并置,指歌词中不同风格的语言的并置现象。大致分为,文言和现代语并置,汉语与少数民族语言并置,汉语与外国语并置等几类。

文言和现代语的并置　例如这首由琼瑶作词的《在水一方》,明显引用了《诗经》中的名篇《蒹葭》,但作者在沿用《诗经》四言体式时,却转入现代汉语。

> 绿草苍苍,白雾茫茫,
> 有位佳人,在水一方。
> 绿草萋萋,白雾迷离,
> 有位佳人,靠水而居。

这样一来,歌词不仅借用了原诗的意境,并将这意境扩大,融进了自己的体验。同时也很好地保留了四言体带来的古典气息,从而取得了不易达到的微妙平衡。

再如这首陈涛作词、冯晓泉作曲的《霸王别姬》:

> 人世间有百媚千红,
> 我独爱爱你那一种。
> 伤心处别时路有谁不同?
> 多少年恩爱匆匆葬送。

虽然讲的是老故事,楚霸王项羽在乌江与爱妃虞姬生离死别,但文言的凝练和现代汉语的宽松,将慷慨悲壮和缠绵柔媚的儿女情长作一平衡。歌曲写得像现代情歌,霸王的老故事只是作为背景时隐时现。

在现代歌曲作品中,已经有很多这样的作品,化用古典诗词的意境,从语言上努力挖掘两种语言风格之间的张力。古典诗词作品受到曲作家的青睐,并不是一种时尚,而是现代歌曲对古代歌诗的一种吸收、借鉴以及发扬光大。从歌曲语言和音乐角度来说,它更能集中、有效地组织语言的张力和意象的深远。

汉语歌曲和少数民族语言的并置　中国是个以汉族为主的多民族国家,严格地说,民族语言是每个人最熟悉的语言,所以从说话到歌唱用自己民族语言是最自然的。因为汉语的强势地位,汉语与其他民族语言的并置,比其他少数民族语言之间的并置现象,更为普遍。比如,在云南碧江傈僳族曾流行一首民歌《摆时摆》:

　　帕是威哈里嘿里
　　毛主席代海马达
　　扎扎斯高米里嘿
　　毛主席代莫米里(哎)
　　马里比里莫嘿(哎)
　　共产党代比马达(啊呀啦依)

歌曲的译意为:"儿子能和父亲分家,我们不能离开毛主席。女儿能和母亲分离,我们不能离开共产党。"在这里,汉语和傈僳族语言并置,形成了这样一种特殊的文本。对只懂汉语而不懂傈僳族语言的歌众来说,只能听懂"毛主席"和"共产党"这两个专有名词,其接受效果,可能声音的意义远远超过了歌曲本身的语义。

另一首由韩红作词作曲的《家乡》:

> 蓝蓝的天上白云朵朵,美丽河水泛轻波。
> 雄鹰在这里展翅飞过,留下那段动人的歌。
> Ong Ma Ni Ma Ni Bei Mei Hong

歌曲的上半段是汉语,下半段却是藏语,类似于祝福和祈祷的语言,这类语言不翻译反而给人一种神秘感,正如佛法诵经可以有大量梵文或巴利文原词一样,同时也给歌曲带来独特风格。歌手兼词曲作家韩红的歌曲中,运用了不少藏族语言。对不懂藏语的歌众来说,那可能就是一种有神秘意味的声音,但就歌曲来说,运用异域语言,会使歌曲的风格格外分明。

汉语和外国语言并置　由于国际交流频繁,歌词中汉语与英语的并置近年日益增多,如冯小刚、郑晓龙、李晓明作词,刘欢作曲的《千万次的问》:

> 千万里我追寻着你,可是你却并不在意,
> 你不像是在我梦里,在梦里你是我的唯一。
> Time and time again, You ask me,
> 问我到底爱不爱你,
> Time and time again, I ask myself,
> 问自己是否离得开你。

这是1993年电视连续剧《北京人在纽约》的主题歌,应合电

视剧主题的需要,"北京"和"纽约"是两种语言和文化的象征。作品中的故事也写出两种文化之间微妙的冲突。所以在这里将英语和汉语并置到一首歌曲中,既是风格的创新,也是一种文化隐喻。

英语和汉语并置,在香港歌曲中尤其常见,这可能和香港的文化的特殊性有关。不同语言并置,不但是歌曲文体的一种新发展,从文化传播思考,它还与时尚文化有关。比如,中国学生的"英语热",使得越来越多的年轻人说话中夹带英语词,成为一种时髦的说话方式,歌曲中有英文因此也就是自然的事了。还有现今流行的"韩流",时尚也在推动韩语歌曲,以及韩语与汉语并置的歌曲的产生。

这不是汉语歌曲的特殊现象,也不是因为香港教育的特殊性,在其他国家的歌曲中,这种多语并置更多。韩语、日语、意大利语、法语等与英语并置屡见不鲜,这意味着汉语与其他外国语言并置也极有可能。随着各国文化的交流发展,这种在歌曲中的不同语言并置也逐渐增多而多样,比如对英语的运用,已经不仅仅停留在"goodbye""I love you"这些简单的语句了,有时甚至用整句外来语作歌曲的"词眼",比如"Will you still love me tomorrow?(明天你是否还爱我)"等等。应该说,这既是歌曲文体独特的可能,也是全球文化交融的一种体现。

四 异体风格并置

异体风格并置,是指不同的文体风格并列在一起,而制造出的特殊风格效果。大致可分为唱名与语言并置,戏曲语言和通俗语言并置等几种。

唱名与语言并置是指唱名直接入歌,和正常的歌词语言形成并置,这在歌曲中很常见。它们不仅有姿势语的效果(见下章有关姿势语的具体论述),还有"元音乐性"的意味,即歌曲"谈论"自己的音乐构成。例如,由厉曼婷作词、黄征作曲的《把耳朵叫醒》:

> Do do do re mi sol 像风筝呼啸而去,
> sol sol sol si re fa 是落叶轻轻哭泣,
> do do do re mi si 没有人认真再听
> 那被你遗忘的旋律,
> 却是我宿命的追寻。

歌曲本身有形象性,音名自身也带有意味。在论证乐音的运动时,有的音乐理论家认为,"乐音"的动力性,即多个静止的乐音组合构成的旋律的时间性构造,是一种具有"象征内容的运动"。在这首歌中,"Do do do re mi sol 像风筝呼啸而去,sol sol sol si re fa 是落叶轻轻哭泣,do do do re mi si 没有人认真再听那被你遗忘的旋律",正好通过乐音之间的上行下行的波动,与后面的每句歌曲形成相互阐释的效果,从而见出乐音本身的蕴涵和意味。

再如,由王永泉作词作曲的《打靶归来》:

> 日落西山红霞飞,战士打靶把营归把营归;
> 胸前红花映彩霞,愉快的歌声满天飞。
> mi so la mi so, la so mi do re.
> 愉快的歌声满天飞。

在这首歌中,音乐唱名和汉语语言并置,让"愉快的歌声满天飞"这种声音形象的出现,成为乐音的"自我解释",当文字语言表达不尽的时候,音乐唱名出场,可以言不能之言,歌不能之歌,实际上这是最自然的口唱呈现音乐的办法。

念、唱语言并置　念是歌曲的一种特殊安排,用无音调或弱音调,朗诵或半朗诵的方法唱出歌词。念和唱两种发音方法虽然都使用语言,但在风格和功能上大有区别。念的部分一般更倾向叙事性,有强烈的对话色彩,功能偏向表意,它寻找语言节奏和音乐节奏的统一。通常情况下,念的部分吐字较快,较密集,唱的部分,更长于抒情,更多的是表达情感,依据情感要求,有意在旋律中增加语音的长度,制造延绵舒展的效果,强化抒情色彩。一般来说,唱的歌曲较为疏散,不很"满",在听觉上以供歌众填补情感想象的空间。两种不同风格的语言并置,自然会传递缓急有致的音乐效果。

比如这首李子恒作词作曲《有空来坐坐》:

(念)朋友越来越多,但是寂寞并不因此而少一点。
　　屋子里如果没有朋友来,
　　　就感觉自己好象孤零零的站在十字路口一样。……
(唱)朋友,你是否还寂寞? 有什么伤心话还没有说?
　　请你有空来坐坐,来坐坐。

歌曲展现的是现代人生活中的一种悖论:"朋友越来越多,但是寂寞并不因此而少一点。"这是一个偏说理的主题:寂寞并不直接来自某种直接的情感,譬如失恋、相思、孤独,而是在生活现实的背后折了很多弯,选择这样的一种念唱方式的结合,有效而贴切地达到了词作者的创作意图,表达了一种常见的生活哲理。

戏曲语言和通俗语言的并置 戏曲是中国音乐的重要财富,是现当代中国音乐取之不竭的宝库。早在 20 世纪 20 年代,瞿秋白作词作曲的《赤潮曲》,就化入了昆曲的元素。"戏歌"代表新的歌曲体式。它将戏剧唱法融入现代歌曲中,或者将戏剧唱法和一般现代歌曲的唱法并置,创造一种很强的古今融合的特殊效果。中国地广人多,疆域辽阔,不同的地方有不同的戏剧。京剧、昆剧、黄梅戏、越剧、粤剧、豫剧等是其中影响较大的,实际上中国每个省内都有多种"地方戏"并存,每个地区几乎都有其特殊的戏曲音乐。这种戏剧语言发声发腔各有不同,音乐和曲调也各有特色。这样,"戏歌"就可以有多种语言并置,在融合中显张力。

比如这首由胡力作词作曲的《新贵妃醉酒》,上半段是:

> (流行风格)那一年的雪花飘落梅花开枝头
> 　　　　那一年的华清池旁留下太多愁
> 　　　　不要说谁是谁非感情错与对
> 　　　　只想梦里与你一起再醉一回

后面部分突然翻转到京剧唱腔:

> (戏曲风格)爱恨就在一瞬间　举杯对月情似天
> 　　　　爱恨两茫茫　问君何时恋
> 　　　　菊花台倒影明月　谁知吾爱心中寒
> 　　　　醉在君王怀　梦回大唐爱

两种唱法并用,呈现了一个非常富有文化寓意的歌曲文本。从歌曲的主题来看,是叙述同一个故事,但不同的视角,分别从故事外和故事内述说,流行风格部分是用标准的普通话演唱,歌曲从语气到语义都极富现代性,而戏曲风格的京剧唱腔则将受众带回古代的杨贵妃的爱情故事情境。"戏歌"中这种语言并置的现象,与其说为歌曲文体的新的可能打开了窗户,从另一个角度来说,它也向中国传统戏剧的现代化提出了挑战。

五　古风歌曲

古风歌曲有两大类,一类是古诗词作品,当年是作为歌词创作的,今日重新加上现代谱曲,成为非常流行的歌曲。这些歌曲很容易入乐,像根据白居易的词改写的《花非花》,据苏轼的诗改写的《大江东去》、岳飞的《满江红》,据李清照的《一剪梅》改写的《月上西楼》,陆游的《钗头凤》,曹雪芹的《红豆词》等等,虽然有的歌名已经改动,但歌曲却试图回顾当年各朝代的风貌。例如明代杨慎的诗改写成的《滚滚长江东逝水》,经现代曲作家谷建芬谱曲,成为1994年电视剧《三国演义》的主题曲,广为流传:

> 滚滚长江东逝水,
> 浪花淘尽英雄。
> 是非成败转头空,
> 青山依旧在,几度夕阳红。

另一类,是模仿古风而创作的歌词。近年流行的"中国风"歌曲,就是最典型的例子。"中国风"可以分为两大特点:一是在音乐(曲调和配器)上使用中国传统音乐元素;二是在歌词意象、语言运用、意境创造上,具有中国传统审美文化倾向,有鲜明的古典风格。大量的词作家使用文言,创作古风歌曲,其数量明显多于诗歌,风格宽容度似乎是歌曲的优势。例如,黄霑作词作曲的《沧海一声笑》,是一首"古风"歌曲:

  沧海一声笑,
  滔滔两岸潮,
  浮沉随浪只记今朝。
  苍天笑,
  纷纷世上潮,
  谁负谁胜出天知晓。

  港词人林夕说:"以文言笔法写词有如行细线,一不小心便会一面倒。"他的意思是,用字过于生僻,则难懂;过于浅近,则流于平庸。而黄霑这首歌曲,其文言浅近,接近元明戏曲的拟白话,可算这类歌曲中的上品了。

  2014年电视节目《中国好歌典》中,由李姝、Luna作词,霍尊作曲并演唱的《卷珠帘》,为歌手赢得了赞誉。这首古风歌曲,配合歌手的细腻演绎,表现出古代仕女对心上人的相思情怀。

  镌刻好　每道眉间心上
  画间透过思量
  沾染了　墨色淌
  千家文　都泛黄
  夜静谧　窗纱微微亮

多种方式构成的"杂语"现象,极大地丰富了歌曲语言,也为歌曲的文体多种可能性开辟了新路。歌曲语言并置的可能性是无限的,并置的方式多种多样,而且音乐语言的方式包括超越语言的各种类语言,由于歌曲篇幅的短小,这种并置的效果会更显著,比起其他艺术更为明显。从这个意义上说,歌曲的广泛流行,与它自身的文体包容度密切相关,也契合当代文化的多元交融趋势,这些让歌曲具有了更加丰富的表现形式。

歌曲赏析与延伸思考

《永恒诗篇》(Amarantine),由爱尔兰女诗人洛玛·赖安(Roma Ryan)作词,其丈夫尼基·赖安(Nicky Ryan)作曲。爱尔兰著名女歌手恩雅(Enya)演唱。赖安为恩雅的同名专辑《Amarantine》填词的时候,自创了一种叫"Loxian"语言,重新组装希腊语、英语、爱尔兰语、西班牙语或拉丁语等多种语言,这种杂语效果,充分发挥了声音的包容性,以及听觉艺术的天然优势。为了便于读者欣赏分析,我们用了一首基本上用英语写成的歌,此歌只是反复用了一个怪词"Amarantine","Am"有着"真爱"的意思,而后面的"arantine"拆分了成"guarantee"(中译"保证")的一部分,正是通过这个似相识非相识的词,歌曲传递这样一种情感:爱一旦传出去,力量就会不断,就像一首永恒的诗篇一样,生生不息。

You know when you gave your love away

It opened your heart, everything is new

And you know time will always find a way

To let your heart believe it's true

You know love is everything you say

A whisper, a word, promises you give

You feel it in the heartbeat of the day

You know this is the way love is

Amarantine, Amarantine, Amarantine

Love is always love

Amarantine, Amarantine, Amarantine

Love is always love

You know love will sometimes make you cry

So let the tears go they will flow away

For you know love will always let you fly

How far a heart can fly away

Amarantine, Amarantine,

Amarantine

Love is always love

Amarantine, Amarantine, Amarantine

Love is always love

Amarantine

第六讲　歌词中的姿势语

一　"拟声达意"

刘勰在《文心雕龙·物色》篇中曾用"属采附声"来概括诗经中的拟声。他列举的是《诗经》中的例子:"'灼灼'状桃李之鲜,'依依'尽杨柳之貌。'杲杲'为日出之容,'瀌瀌'拟雨雪之状,'喈喈'逐黄鸟之声,'喓喓'学草虫之韵。"钱锺书在《管锥编》第一册中讨论《毛诗正义》,其第三十八则论《伐檀》中指出,这些例子,大多是拟声类声,即"象物之声(echoism)"。再例如,《卢令》之"卢令令",《大车》之"大车槛槛",《伐木》之"伐木丁丁",《鹿鸣》之"呦呦鹿鸣",《车攻》之"萧萧马鸣",《伐檀》之"坎坎伐檀兮",等等。

拟声类声,在钱锺书看来,都是语言的常规功能。"稚婴学语,呼狗'汪汪',呼鸡'喔喔',呼蛙'阁阁',呼汽车'嘟嘟',莫非'逐声''学韵'。无异乎《诗》之'鸟鸣嘤嘤''有车邻邻'"。但《诗经》中也有一些例子,不是拟声类声,而是拟声达意,用语音拟声与拟意,即"达意正亦拟声,声意相宜"。

拟声类声和拟声达意是两种完全不同的修辞方式。用语音拟声,是正常的语言功能;用语音拟意,却是一种特殊的用法,钱锺书称之为"为达意而拟声"。

钱锺书列举了中国诗歌中声音与意义之关系的数种例子,"有声无意","有意无声",以及"有意有声"。① 关于"有声有意",他举了一个非常有趣的例子:《新安文献志》甲卷五八选录江天三《三禽言》……第三首《鸠》云:"布布谷,哺哺雏。雨,苦!苦!去去乎?吾苦!苦!吾苦!苦!吾顾吾姑。"②这既是拟"禽语"之声,更是代这只雨中鸠鸟作歌,一再重复的声音,形成了超越拟声,也超越"苦"字本身语义的一种情态——鸟鸣声作歌,重复拟声包涵着感情。

二　姿势语

"姿势语"是美国诗学家 R.P. 布拉克墨尔提出的诗歌文体的概念,与钱锺书提出的诗学命题"拟声达意"遥相呼应。

布拉克墨尔对姿势语的解释是:"语言由词语构成,姿势由动作构成……反过来也成立:词语形成动作反应,而姿势由语言构成——语言之下的语言,语言之外的语言,与语言并列的语言。词语的语言达不到目的时,我们就用姿势语……可以进一步说,词语

---

① 钱先生举了三种同样是写铃声的词句:一为"有声无意",例如《高僧传》引羯语"替戾冈,佝秃当",汉语有声无意。二为"有声有意":苏轼《大风留金山两日》"塔上一铃独自语,明日颠风当断渡",冯应榴《合注》引查慎行句曰:"下句即铃声也"……铃不仅作响,抑且能"语"。三为"言意而不传音",如唐彦谦《过三山寺》:"遥听风铃语,兴亡话六朝。"第二种是利用汉语同音词,作双关语。

② 《钱锺书集·管锥编》(第一册上卷),三联书店,2002 年,第 231 页。

的语言变成姿势语时才最成功。"①

为什么"词语的语言变成姿势语时才最成功"？布拉克墨尔的说明似乎不可捉摸。为此，他作了进一步的阐述："语言中的姿势，是内在的形象化的意义得到向外的戏剧的表现。"此时"文字暂时丧失其正常的意义，倾向于变成姿势，就像暂时超过了正常意义的文字"。至此，语言"摆脱了文字的表面意义而成为姿势的纯粹意义"。这个解释，依然模糊，却大致提出了姿势语的定义：它是诗歌语言的一种特殊效果，这种语言"丧失"了字面意义，但是超越字面意义，变成一种姿势。

布拉克墨尔举的例子是莎士比亚《麦克白斯》中的著名台词："明天、明天、明天……"以及《李尔王》的词："决不，决不，决不，决不，决不，……"布拉克墨尔说，如果改成"今天，今天，今天……"和"是的，是的，是的，是的，是的，……"字面意义完全不同，而"姿势意义"却依然相近，因为这里"文字已摆脱了字面意义而成为姿势"。

将这些语言称为姿势语，是因为它们主要是拟声，而声音传达微妙的蕴涵意义，超出了词句正常的表达范围：它们的声音表面上没有意义，但却获得了更深一层的意义。

三　姿势语的构成

钱锺书关于"拟声达意"的解释，布拉克墨尔关于姿势语的解释，以及他们举的例子，让我们看出，用拟声方式，来丢弃或超越词

---

① R. P. Blackmur, *Language as Gesture, Essays in Poetry*, Westport (CT): Greenwood Press, 1952, pp. 35-64. 此引语下面各引语，均出自此文。

句的字面意义,主要有两种途径:

一是重叠使用。布拉克墨尔举的是莎士比亚剧本中的若干例子。此时意义是次要的,语句的声音,突出了人物的激愤情绪。在中国诗歌中,重言叠字特别发达,尚没有实词化的叠字,甚至实词化的词叠用,也往往都具有姿势倾向。

二是"非语义化"的拟声词句。在一定场合中,语义被解脱了。布拉克墨尔举的是现代诗人特意设计的诗句。在记录下来的中国歌词,尤其是元曲与现代歌词中,使用赘词,尤其是长串赘词,是一个重要的"拟声达意"途径。

在中国诗歌史上,从《诗经》开始,我们可以看到大量的赘词、重言、叠词以及有声无意的"姿势语",这种"拟声达意"的词成为歌词中运用得最多的语言技巧。例如,《诗经》用于形容"忧心"的叠字有20多种之多[①]。摘抄部分如下:

> 我心惨惨(《大雅·抑》)。
> 忧心炳炳(《小雅·颎牟》)。
> 忧心奕奕(《小雅·颎牟》)。
> 忧心殷殷(《小雅·正月》)。
> 忧心钦钦(《秦风·晨风》)。
> 劳心博博兮(《桧风·素冠》)。
> 忧心惙惙(《召南·草虫》)。
> 忧心忡忡(《召南·草虫》)。

古代辞书《尔雅·释训》认为"殷殷、惸惸、忉忉、博博、钦钦、

---

① 叶舒宪:《诗经的文化阐释》,湖北人民出版社,1994年,第362页。

京京、忡忡、惙惙、炳炳、奕奕",种种叠字都是一个意思:"忧也"。但是其中只有一部分(惨惨、忡忡等)有关于心情的意义,其余放在"忧心"后面用不同的重言,没有"忧心"的字面意义,只是对"忧心"状态的一种语音模拟。这样的拟声达意,就出现了超出到词句之外的姿势意义。

《诗经》之后,姿势语在中国歌词中一直存在,甚至用得更多,只是歌词不统一记录,我们难窥全貌。《古诗十九首》中 12 首用了叠声字。《迢迢牵女星》中有 6 个重言词:

> 迢迢牵女星,皎皎河汉女。
> 纤纤擢素手,札札弄机杼。
> ……
> 盈盈一水间,脉脉不得语。

可以看到,大部分已经具实义,即朱广祈所说的"直接说明事物的性质或状态"。马茂元《古诗十九首初探》中解释说:"'迢迢'是星空的距离,'皎皎'是星空的光线,'纤纤'是手的形状,'札札'是纺机的声音。'盈盈'是水的形态。词性不同,用法上极尽变化之能事。"①

在后世的民间歌曲敦煌曲子词中,有大量叠字。例如这首《菩萨蛮》:

> 霏霏点点回塘雨,双双只只鸳鸯语。灼灼野花香,依依金柳黄。盈盈江上女,两两溪边舞。皎皎绮罗光,轻轻云粉妆。

---

① 曹旭:《古诗十九首与乐府诗选评》,上海古籍出版社,2002 年,第 23 页。

它们原先是歌曲中的叠字,为歌唱时的感叹,却成为歌词的特殊风格。晚唐五代时词的兴起,是由于民间词的推动,因此许多文人词保留了大量重言。韦应物《调笑词》:"河汉,河汉,晓挂秋城漫漫。愁人起望相思,江南塞北别离。离别,离别,河汉虽同路绝。"这里一连两个"离别",已经成为词牌要求。从于建的《调笑令》,到戴叔伦的《转应曲》,虽然词牌名称变了,但很可能自同一词牌演化而来,都沿用了这个叠词格局。可以想象,在当时的歌曲中,重叠反复的拟声表情效果非常重要。

到了元曲中,又出现大量叠字,《子云乡人类稿》举出多种,很多在后世已经实词化,例如活生生、醉醺醺、虚飘飘、慢悠悠、闹哄哄、文绉绉、粗刺刺、香喷喷、花簇簇,等等,为日常汉语所吸收,不再是姿势语。但是有大量叠字,至今读来依然非常别致,生动有"姿":

死搭搭,怒吽吽,实辟辟,热汤汤,冷湫湫,黑窣窣,黄晃晃,白洒洒,长梭梭,软太太,密拶拶,混董董①

重言叠字制造的姿势语效果,在作唱词用的元曲中大量出现,马致远《黄粱梦》第四折《叨叨令》是个著名的例子:

我这里稳丕丕土炕上迷颩没腾的坐,那婆婆将粗刺刺陈米喜收希和的播,那塞驴儿柳阴下舒着足乞留恶滥的卧,那汉子去脖项上婆娑没索的摸。你则早醒来了也么哥,你则早醒来了也么哥,可正是窗前弹指时光过。

---

① 殷孟伦:《子云乡人类稿》,齐鲁书社,1985 年,第 287—288 页。

连串赘词用得极妙,没有一处是为拟声而拟声,都是拟声达意,姿势化效果非常突出。

符合布拉克墨尔所说的"避开了语言的传达功能,从而创造了情绪的等价物",可以说是文人曲中创造性地使用衬字最出色的例子:赘词与叠字珠联璧合,语言的姿势效果跃然欲出。王国维《宋元戏曲史》中写道:"独元曲以许用衬字故,辄以许多俗语,或以自然之声音形容之,此自古文学上所未有。"[①]元曲中保存下来当年歌词中的大量赘词,使元曲至今读来比任何朝代的诗词都更生动。

四 姿势语与歌曲风格

许自强在其《歌词创作美学》一书中,将歌词语言分为"本色语"和"文采语"两种[②]。姿势语可以说是极端的本色语,但它的意义深远,超越了文采语。现代歌词对个性和风格的追求,显得相当自由狂放。而对姿势语的充分挖掘和运用,是这种自由品格的一个重要因素。姿势语出现在现代歌词中,给歌词带来特殊的风格。最早的中国现代歌词之一,易韦斋作词、萧友梅作曲的《问》中就有这种"无语义"语句。

> 你知道你是谁?
> 你知道华年如水?
> 你知道秋声添得几分憔悴?

---

① 王国维:《宋元戏曲史》,上海古籍出版社,1998年,第48页。
② 许自强:《歌词创作美学》,首都师范大学出版社,2000年,第299页。

垂！垂！垂！垂！

这最后一行，并不是实际写情，而是一种语气姿势。朱湘创作于1926年的一首诗《昭君出塞》，1937年被邱望湘谱上曲：

> 琵琶呀，伴我的琵琶：
> 趁着如今人马不喧哗，
> 只听得啼声得得，
> 我想凭着切肤的指甲，
> 弹出心里的嗟呀。

歌词中的"得得"直接拟声，而语气词"嗟呀"，实际上就是一个表达情绪的姿势语。田汉作词、聂耳作曲的《义勇军进行曲》也带有明显的姿势语特征：

> 冒着敌人的炮火，前进！前进！前进！进！

最后的"进"字明显是超出了字面以外，表达一种姿势，其拟声达意之生动，姿态与主题之协调，令人觉得此歌本应如此，自然、贴切。

台湾词曲作家罗大佑很善于用姿势语，他的不少作品中，都有出色的姿势语运用，比如《之乎者也》《恋曲1990》等。在《恋曲1990》中，歌词中的重言，虽有的已经实词化，但这种重言词的反复使用，也增强了歌词的表达效果：

> 乌溜溜的黑眼珠和你的笑脸

怎么也难忘记你容颜的转变
轻飘飘的旧时光就这么溜走
转头回去看看时已匆匆数年

在当代歌曲中,佘志迪作词、徐沛东作曲的《辣妹子》,歌中的重言叠加的姿势语,自然而风趣。

辣妹子辣辣妹子辣
辣妹子辣妹子辣辣辣
辣妹子说话泼辣辣
辣妹子做事泼辣辣
辣妹子待人热辣辣

芳蓉作词、梦兰作曲的《魅力无限》中,歌词充满了重复形成的姿势语:

就在就在就在就在就在就在这一天
我要我要我要我要我要我要你
看到骄傲骄傲骄傲骄傲骄傲的心
尽情绽放放放放魅力无限

大量的抒情和叙事歌曲中,出现现代"赘词"式的姿势语。此类例子太多,仅举《草原晨曲》中的一行:

啊哈嗬咿！草原千里滚绿浪,水肥牛羊壮。

"啊哈嚆咿",不表示意义,但放在歌曲中,除了蒙古族民歌的风格指向,还有延展草原的宽阔的姿势。同样,对不懂藏语的歌众来说,《雪域之光》中的祈祷语也算是一种姿势风格语。

> 天上的星星呐天上的星星呐
> 阿喇挲弥嘛弥弘弘弥喇弥弘
> 照耀着天边天边的雪山
> 阿喇挲弥嘛弥弘弘弥喇弥弘。

当代歌曲中,音乐人自创的"赘词"是重要成分。这类词只有声音,没有词义,却包含情感姿态。在歌词和音乐中衍生的力量,不是意义明确的词汇所能代替的。

类似风格的有周笔畅演唱的《呃》,除了标题的语气词,歌中有大量的拟声词"咯叽咯叽",杂在 RAP 式的演唱之中。

还有姚谦作词、Maria Montell 作曲的这首名为《Di Da Di》的歌曲:

> 才说再见,就开始忍不住想见面。
> 哎呀呀!
> 倒数开始,di da di
> 打翻相思,Di da di

歌词相当口语化,尤其是语气词"哎呀呀",和象声词"di da di"。后一个词甚至无法写成中文词。姿势语的运用,使这些歌词的风格很为独特。此歌的演唱者李玟,是个在美国长大的中国香港女孩,性格活泼,她将一个聪明、调皮又天真的少女和她的羞涩爱情演绎得非常生动。歌词中的"di da di",与她的表演相彰得益。这首歌1999年2月在Channel V98获得华语榜中榜最佳Music Video奖,姿势语带来的歌词独特风格为这首歌作了一份贡献。

由网络歌手王蓉作词并演唱的《哎哟》,更是充满姿势:

爱哟,哎哟哎哟
真难爱哟
爱哟,哎呦哎哟

整首歌,拟声词的反复运用使其意义超过了正常语言,成为复杂特殊的姿势语,因此整首歌显得异类。

朱桦的《咔》,使她这位实力歌手在2003年获得了意外的成功:

咔,不是吧?轮到你当导演爱就结束啦?

这个"咔"字,中文里无意义,有可能是导演习惯性使用的英语cut(停机)的音译。但是歌中反复使用,让人明白这是"一刀两断"的意思。只是重复之多,比直说一刀两断更为"绝情"。

我们可以问,去掉这些赘词、姿势语,这些歌词的意义能否依然存在?花儿乐队的《嘻唰唰》,几乎整首歌都在姿势语中展开;龚琳娜的《忐忑》,一首歌几乎没有一个实指词。显然,去掉姿势语后,歌失去的不仅是风格,还有其特殊的情绪、别样的意义势态。

占有听觉优势的歌词表现艺术,充分利用姿势语,对歌词来说,是一种开拓和解放,姿势语带给歌词其他文体无法企及的多种风格可能性,值得词作家进一步关注。

歌曲赏析与延伸思考

《500里》(500 miles),由民谣创作女歌手海蒂·威斯特(Hedy West,1938—2005)创作。原唱是美国老牌民谣乐队之一四兄弟演唱组(The Brothers Four),后被众多歌手翻唱过。2013年音乐电影《醉乡民谣》也以此为主题曲。歌词中是如何运用姿势语,创造出与游子背井离乡、愈行愈远、近乡情怯的心情相得益彰的效果?

If you miss the train I'm on

You will know that I am gone

You can hear the whistle blow a hundred miles

A hundred miles, a hundred miles

A hundred miles, a hundred miles

You can hear the whistle blow a hundred miles

Lord I'm one, Lord I'm two

Lord I'm three, Lord I'm four

Lord I'm five hundred miles away from door

Five hundred miles, five hundred miles

Five hundred miles, five hundred miles

Lord I'm five hundred miles from my door

Not a shirt on my back

Not a penny to my name

Lord I can't go a-home this a-way

This a way, this a way

This a way, this a way

Lord I can't go a-home this a-way

If you miss the train I'm on

You will know that I am gone

You can hear the whistle blow a hundred miles

第七讲　歌词中的"兴"

一　"兴"与"呼"

"兴"是中国传统诗学的一个重要概念,也是自《诗经》一直延续到当代中国的歌词的一个重要风格特征。至今学界关于"兴"的论说依然很多,体系庞大,哲理深奥,每人都言之成理,自成一说。欧美汉学家也加入了关于"兴"的争论。"兴"的英文译法多达十几种,几乎每个论者都提出了一个新译名。叶嘉莹认为:"英文的批评术语中,根本就找不到一个相当的词可以翻译。"① 有的汉学家就干脆用拉丁字母拼音 Hsing 或 Xing②,表示这是中国特有

---

① 叶嘉莹:《中国古典诗歌中形象与情意之关系例说》,《古代文艺理论研究》第 6 辑,上海古籍出版社,1982,第 40 页。

② 我见到过的译法,有 Evocation (James Legge), Evocative Image (Harrison Huang), Mood, Implied Comparison, Symbolization-Contrast, Stirring, Induction, Mental Stimulation, Stimulus (Pauline Yu), Affective Image (Stephen Owen) 等等,不一而足。有些汉学家对此作长篇讨论,越论越无从译起,干脆保留汉语拼法,用 Xing,或 Hsing。例如 Hongchu Fu, "Historicity of Interpretation: Reflection on Xing in Classical Chinese Poetry", (*Pacific Coast Philology*, Vol. 29, No. 1, pp. 14-27)。

的概念。钱锺书很早在《管锥编》中就点明了这一难题的关键所在:"兴"之所以给论者造成困惑,是因为他们没有注意到"兴"不是出现于一般的诗篇中,而是"歌诗之理"[1]。"作诗者乃词人",[2] 的确,"兴"集中出现在歌词中,在歌词中又多见于民歌或歌谣。一旦把"兴"看作只是歌词的形式特征,就很容易确定"兴"的形式要求。

歌词的基本结构是呼应,"兴"可以看成是呼的一种方式。呼应结构是由歌的基本传达方式(我唱你应)决定的,歌的起源,就伏下了呼应的基本态势。《淮南子·道应训》:"今夫举大木者,前呼'邪许',后亦应之,此举重劝力之歌也。"这种最原始最明显的呼应,即使在当代社会,歌词艺术发展得很成熟,歌词结构相对复杂,呼应出现了各种变体后,也依然存在。传唱目的不变,歌的呼应结构就不会改变。如中国最早的一行式情歌《候人歌》"候人兮猗"(《吕氏春秋·音初编》),记载禹时涂山氏之女唱"候人兮猗"。《隋书·地理志》所记一行歌:"何由得渡湘?"爱尔兰当代女歌手奥康纳(Sinead O' Connor)的歌"Thank you for loving me",同句反复四次成段。这些歌曲,虽然在歌词中悬置了文本的内部呼应结构,却在外部情感上,依然有呼应的要求。

从词义上说,"兴"的甲骨文原形是四手托物,刘勰在《文心雕龙·比兴》中写道,"兴者,起也"。托以待接取,起而待后文承接,钱锺书说"兴"为"功同跳板"[3]。"兴"的确是一种待应之呼。

当代词作家晓光作词、施光南作曲的《在希望的田野上》,它

---

[1] 钱锺书:《管锥编》(补订重排本),第一册,三联书店,2001年,第127页。
[2] 同上书,第126页。
[3] 同上书,第128页。

的呼应方式,就接近中国歌词传统的"兴":

> 我们的家乡在希望的田野上
> 炊烟在新建的住房上飘荡
> 小河在美丽的村庄旁流淌
> 一片冬麦(那个)一片高粱
> 十里(哟)荷塘十里果香

首句虽然是陈述句,并没有提出疑问,但却是个抽象形容词暗含比喻(田野如希望),这样就出现了一个语意悬念作为呼唤:为什么田野是"希望的"?下面的歌词提出三重解释来应答这个呼唤:因为有炊烟,有冬麦高粱,有荷塘果香,由此语意悬念被实的形象所应答。我们可以看到,这首歌词并非仿民歌。现代仿民歌,"兴呼"更为明显。乔羽为电影《我们村里的年轻人》作词的两首插曲:"杏花村里开杏花,儿女正当好年华";"樱桃好吃树难栽,不下功夫花不开"。"兴"句成为了这些歌曲的风格化标记。相比而言,《在希望的田野上》歌词的起句,在现代歌词中非常自然,但若不注意,我们就不会觉察到这个起句符合"兴"的一系列特点。可见"兴"已经成了中国歌词艺术的内在特征,正如散文与小说必有起承转合,无呼应的歌词很难想象,而呼的目的,是召出下文作出应和。

"兴"作为一种特殊的呼,与下面的应词有语义上的关联。大致可以有五个关联方式,这五种方式又可以分成二组:一组是不相关,包括语音兴呼、触物兴呼;一组是相关,包括写景兴呼、兼比兴呼;此外还有曲式兴呼,介于二者之间,既可有关联,亦可无关联。当代歌词中的"兴"大致依循前四种方式。

二　语音兴呼

　　第一种兴呼与应词的关系是语音兴呼：靠语音（音韵、节奏等）作出呼唤以求应和：语音应和，是兴呼最起码的要求，下面论述到的其他关联方式，也都是以兴呼作语音上的铺垫。最早的《诗经》学家已经觉察到这个问题。郑樵说："诗之本在声，声之本在兴。"①也就是说："兴"之谓"兴"，主要在声音。虽然坚持这种说法的《诗经》学家不是多数，因为这样有可能使"兴"简单化，但依然有不少现代学者大为赞赏并加以重申。顾颉刚说到"关关雎鸠，在河之洲"，"它最重要的意义，只在'洲'与下文'逑'的协韵"。朱自清也认为："起兴的句子与下文常是意义上不相续，却在音韵上相关连着。"②钱锺书引阎若璩《潜邱札记》解《采苓》首章以"采苓采苓"起兴，下章以"采苦采苦"起兴，"乃韵换耳无意义，但取音相谐"③。另采一物，只为换韵，与应词内容无关。钱锺书又把这个原则用于《诗经》后的歌谣中，汉《铙歌》"上邪！我欲与君相知，长命无绝衰"，一般解作指天为誓的"天也"，而钱锺书认为这是"有声无意"的发端兴呼。

　　这种语音兴呼传统在现代歌谣中依然存在，比如彝族民歌《妹家大门开朝坡》：

---

① 郑樵：《通志·乐略·正声序》影印本，北京图书馆出版社，2006年。
② 朱自清：《关于兴诗的意见》，《古史辩》第三册，上海古籍出版社，1982年，第684页。
③ 钱锺书：《管锥编》（补定重排本），第一册，三联书店，2001年，第125页。

哩是哩来罗是罗

妹家大门开朝坡

有心郎来才找妹

不怕别人是非多

  收录此歌的书编者注首句:"衬词,无实意。"①再如陕北民歌《蓝花花》:"青线线哩格,蓝线线,蓝格英英格采,生个蓝花花实在个爱死人。""兴"与应语音配合的不是脚韵,而是关键词韵"采"与"爱"。钱锺书认为儿歌的起首"一二一"之类,是"兴"。② 依此类推,以音乐唱名"哆来咪"或其他"类语言"开头的歌,也是语音兴呼。另外,钟敬文还指出过双关语兴,他从他自己编集的《客音情歌》中举了一例:"门前河水浪飘飘,阿哥戒赌唔(勿)戒嫖。"③现代民歌也有"太阳落坡又不落,小妹有话又不说;有话没话说两者,莫叫小哥老等着。"实际上,双关语起句是一种谐音的语音兴呼。

二 触物兴呼

  "触物"是《诗经》中一种特殊的"兴":信手随机抓到眼前事物,任意引起后文应词。钱锺书引李仲蒙语:"触物以起情,谓为兴。"钱先生赞扬其中"触物"二字用得好,把问题说得简洁而清

---

① 陈子艾等编:《民间情歌三百首》,上海文艺出版社,1981年,第102页。
② 钱锺书:《管锥编》(补定重排本),第一册,三联书店,2001年,第128页。
③ 钟敬文:《谈谈兴诗》,《古史辩》第三册,上海古籍出版社影印本,1982年,第682页。

楚:"似无心凑合,信手拈起,复随手放下,与后文附丽而不衔接。"①郑樵认为《诗经》第一首《关雎》就是这类兴呼:"'关关雎鸠'……是作诗者一时之兴,所见在是,不谋而感于心也。凡兴者,所见在此,所得在彼,不可以事类推,不可以理义求也。"②刘大白说:"把看到听到嗅到尝到碰到想到的事物借来起一个头,这个起头,也许和下文似乎有关系,也许是全没有关系。"③"完全没有关系",那就是触物兴呼了。

触物兴呼,形象与后文有无关联,是诠释者的任务,而诠释者各有所见,说有关联,似乎也难以反驳。尤其是从汉代起,经学家解《诗经》,一首首都有历史背景,一个个都是政治讽喻,这样就没有"触物"可言了。陆玑《毛诗草木鸟兽虫鱼疏》统计,《诗经》中用于比兴的有草木一百多种,虫鱼四十余种,兽类二十余种。这种"语言兴奋"后人已难以体会。朱自清说"初民心理不重思想联系,而重感觉的联系"④。"感觉",即是没有语义关联可言。初民的触物起兴这种手法,一直延续。唐代刘禹锡《竹枝词》"杨柳青青江水平,闻郎江山踏歌声。东边日出西边雨,道是无晴却有晴",当代民歌"石榴花开叶叶青,郎将真心换姐心"⑤,都是首句与后文不相干。

当代词曲作家腾格尔创作的《三毛》:

---

① 钱锺书:《管锥编》(补定重排本),第一册,三联书店,2001年,第126页。
② 郑樵:《通志·乐略·正声序》影印本,北京图书馆出版社,2006年。
③ 钱锺书:《管锥编》(补定重排本),第一册,三联书店,2001年,第126页。
④ 朱自清:《关于兴诗的意见》,《古史辩》第三册,上海古籍出版社影印本,1982年,第684页。
⑤ 陈子艾等编:《民间情歌三百首》,上海文艺出版社,1981年,第19、141页。

> 那个叫三毛的女孩她从远方来
> 飘飘扬扬的长发带着淡淡的悲哀
> 那个叫三毛的女孩她从远方来
> 画出温柔的夜晚还有沙漠和大海
>
> 风悠悠的吹耶浪轻轻的拍
> 她说家里太寂寞
> 独自走出来

歌曲当中,"风悠悠的吹耶浪轻轻的拍",也是和下文不相关的触物兴呼。看似在歌词当中,不像一般起头的"兴",但从音乐结构来分析,它却是另一段音乐扩展部的起头,带动了整首歌的情绪。另一首乔羽作词、高如星作曲的《汾河流水哗啦啦》:

> 汾河流水哗啦啦
> 阳春三月看杏花
> 待到五月杏儿熟
> 大麦小麦又扬花
> 九月那个重阳你再来
> 黄澄澄的谷穗好像是狼尾巴

这首歌曲是作者为1963年电影《汾水长流》作的主题曲,就从歌曲本身来看,首句实际上起了一个语音兴呼的作用,和整首歌的内容并没有直接联系。

语音兴呼与触物兴呼,这是两种"无关联'兴'",钱锺书引徐渭的说法:"诗之兴体起句绝无意味,自古乐府亦已然。乐府取民俗之谣,正与古国风一类。此真天机自动,触物发声,以启下段欲写之情,默会亦自有妙处,决不可以意义说者。"钱锺书认为徐渭这段"触物发声"之论,也完全是"深得于歌诗之理"。

四　写景兴呼

写景兴呼虽然也是描写一物一景,与触物之不同处,在于这种"兴"起首写一个"环境"或"氛围",作为景物呼唤,以待写情句来应,景与情之间是有关联的。《诗经》中写景兴呼数量极大。《秦风·蒹葭》"蒹葭苍苍,白露为霜,所谓伊人,在水一方",《邶风·谷风》"习习谷风,以阴以雨",《齐风·鸡鸣》"虫飞薨薨,甘与子同梦。回且归矣,无庶予子憎",这些歌中的首句都不只是触物,而是描写了一个环境,以境呼情。

到当代,写景兴呼,依然是歌词中常用手法,例如这首四川民歌《太阳出来喜洋洋》:

　　太阳出来啰呵喜洋洋啰啰
　　挑起扁担上来咣采
　　上山岗罗噢荷

首句与下文的关系相当清楚:写景以待情生。云南民歌《小河淌水》:"月亮出来亮汪汪,想起我的阿哥在深山",首句之兴,是写月景,正是应句思念之境。这类歌在现代歌词中也深得青睐。王洛宾作词作曲的《一江水》"风雨带青草滴露水,大家一起来称赞生活多么美",兴呼句与应词是景与情的关系。当代民歌中的《四季歌》《五哥放羊》之类,用季节、月份等作开端之首的歌谣,季节提供了一个景物之呼,每个季节应词不同,实际上也应当属于写景之兴。

五　兼比兴呼

比兴关系是中国文学史的老题目:"兴"既然是一个事物或景色的描写,自然能兼具作比喻。这类兴呼在当代歌词中占有很大的分量。比如毛翰作词的《归字谣》:

> 寄你一枝二月兰,
> 二月兰乡是家园。
> 山中的杜鹃水边的燕,
> 相问游子何时还?

同样,高枫作词作曲的歌曲《春水流》也是如此:

> 春水流呀流向东流呀流
> 你的心我懂你还有泪流
> 春水流呀流向东流呀流
> 往事不回头跟我走

钱锺书《管锥编》补订版中强调说:"诗具兴之功用者,其作法不必出于'兴'。"这里是区别诗的"兴观群怨"功能中的"兴"与作为一种修辞手法的"兴"。实际上,这两者的区分非常微妙。刘勰《文心雕龙》以长篇论"比兴",甚至以兴统领赋与比。

六　曲式兴呼

　　兴呼有可能是点明曲谱,有可能直接是曲子的标题,也有可能是曲子程式的首句。此时与兴呼相应和的,是整首歌的音乐歌唱,不再是下文的词句。曲式兴呼介于语音兴呼与触物兴呼之间,既非取音,又非取物象,而是因某种曲调要求如此开头。究竟是否指曲调,取决于我们对音乐史的研究,而这方面远远不足。办法是看是否有多首存留至今的同类歌曲,均用相同的兴呼句开场。汉诗有多首以"青青河边草"或"步出东门行"开场,很可能是曲式要求。早期词中也多有"忆江南"等"章句音节"开场,后来渐渐演变成词牌名。

　　曲式兴呼的作用非常类似乐曲的过门,是音乐上的准备,只是过门为曲呼待词应,曲式兴呼为词呼待曲应。

　　以上对兴呼的五种分类,其实并不难解。优秀的歌词家经常在这几种"兴"之间跳动选用。试看曹操的《短歌行》,其中有语音兴呼:

　　　　呦呦鹿鸣,食野之苹。
　　　　我有嘉宾,鼓瑟吹笙。

有触物兴呼:

　　　　青青子衿,悠悠我心。
　　　　但为君故,沉吟至今。

有写景兴呼：

> 明明如月,何时可掇。
> 忧从中来,不可断绝。

有兼比兴呼：

> 山不厌高,海不厌深。
> 周公吐哺,天下归心。

唯一没有找出的是曲式兴呼,这可能是因为我们已经不了解汉末乐府歌曲的程式:有可能开首的"对酒当歌,人生几何"是当时及时行乐劝酒歌的程式化开场,也有可能"呦呦鹿鸣""青青子衿"引《诗经》兴句,也是导引音乐。

"兴"归根到底是一种歌词的呼,应词是歌的主要意义所在,但是兴呼在形式上的多变,往往给人印象更为深刻。试看现代民歌用"兴"最多的《信天游》,其格局多是一句兴呼跟着一句应词:

> 一对对白鸽一对对鹅,
> 一对对毛眼瞭哥哥。
> ……
> 二不流流山水滔河楞,
> 难话不过人想人。
> 马里头挑马一搭手高,
> 人里头挑人就数哥哥好。
> 石榴子开花看叶叶子黄,

谁的娘教子女最贤良。

兴呼的各种类别——语音、触物、描景、兼比——交替出现,使呼句别有风致,呼句比应句更为生动,更让歌者费心,也更令闻者动容,这也是《诗经》的经久魅力之一。"兴"对歌词的重要性可见一斑。而"兴"作为中国歌词中经常出现的特殊的一种呼,是中国歌词艺术的一个重要民族特点。至今我们只找到很少国外歌曲类似兴的例子①,在世界诗歌史上,其他民族的歌曲看来没有可比规模的兴呼形式传统。因此,中国歌词中的兴呼值得发扬光大。

歌曲赏析与延伸思考

《花儿都到哪里去了?》(Where Have All the Flowers Gone?),由美国老牌名歌手皮特·西格(Pete Seeger)1956年创作,据说灵感来自苏联作家肖洛霍夫的长篇小说《静静的顿河》,1962年美国著名的金斯顿三重唱小组(The Kingston Trio)将其唱红,后来一直作为反战歌曲流传。这首歌把民谣质朴、自然、顺口易记、易传唱的特点,充分表现了出来。歌词运用民谣常用的问答式、顶真式,巧妙的构思,一问到底,将美丽的鲜花和残酷的战争放在一起,令人震撼。

Where have all the flowers gone, long time passing?

---

① 外国类似"兴"的例子为数极少,例如格鲁亚籍英国歌手Melusa的一首歌:"There are nine million bicycles in Beijing, I will love you until die"。钱锺书先生认为,西方喊口号"One two three four, we don't want the war"是新型的"兴"。另一首类似"兴"的,是Jemmy Miles著名摇滚曲"Rock Around the Clock","One, two, three o'clock, / Five, six, seven o'clock, / Eight o'clock rock, / Nine ten eleven o'clock,/ Twelve o'clock rock,/We 're gonna rock, /around the rock to night"。

Where have all the flowers gone, long time ago?

Where have all the flowers gone?

Young girls have picked them everyone

Oh when will they ever learn?

Oh when will they ever learn?

Where have all the young girls gone, long time passing?

Where have all the young girls gone, long time ago?

Where have all the young girls gone?

Gone for husbands everyone!

Oh when will they ever learn?

Oh when will they ever learn?

Where have all the husbands gone, long time passing?

Where have all the husbands gone, long time ago?

Where have all the husbands gone?

Gone for soldiers everyone!

Oh when will thcy ever learn >

Oh when will they ever learn?

And where have all the soldiers gone, long time passing?

Where have all the soldiers gone, long time ago?

Where have all the soldiers gone?

Gone to graveyards everyone!

Oh when will they ever learn?

Oh when will they ever learn?

And where have all the graveyards gone, long time passing?

Where have all the graveyards gone, long time ago?

Where have all the graveyards gone?

Gone to flowers everyone!

Oh when will they ever learn?

Oh when will they ever learn?

第八讲　歌词中的人称

一　歌词的言说框架

所有歌词的潜在结构都是"我对你唱",呼应模式是歌词言说的基本框架。这个结构框架在歌曲中最明显的体现,就是人称代词"我"和"你"的使用。

词作家方文山曾经做过一个演讲,将当代歌曲的人称作为歌曲的一个基本要素,及重要创作方法,传授给初学词者。他强调:"歌曲中,人称一定要明确。"[①]他在评阅音乐系学生的歌词时指出:"这首歌曲整篇的意境很美,但里面少了你、我、他这样的人称代词,这样就会让唱歌的人不晓得这首歌是在唱谁的心情。流行歌曲不是古诗词,它是现代人对情感的寄托和情绪的宣泄。情绪宣泄一定要有对象,而对象一定要明确,所以歌曲中的人称也需要明确。"方文山强调的是作歌曲,一定要学会怎样充分使用人称代词。然而,当代歌曲人称代词的使用变化多端,各种变体使歌曲的样式格外丰富。例如,《诗经·关雎》中的"君子"对"淑女",是人

[①] 参见《方文山:作词如同写电影》,《渤海早报》,2008 年 9 月 5 日。

称的替代,是男性"我"坦承自己"好逑"。

有研究者注意到,冯梦龙的《山歌》中,私情歌谣的抒情主体都采用"奴""小阿奴奴""我""姐""小阿姐"等体现强烈女性色彩的词。① 据统计,从卷一到卷八的私情歌中,"姐"一共出现了269次之多,"我"出现了170次之多。另外,《山歌》中的私情歌谣除了抒情主体在场外,几乎每首歌谣的抒情对象"郎""情郎哥""情郎""情哥""郎君"等也都在场。这些代词给抒情对象烙上了男性印记,同时表明了是女性对男性的倾诉。从《山歌》的目录单来分析,抒情主体明显多为女性。《山歌》之所以被誉为"明代一绝",很大程度上,在于它展现出了一种与以往不同的表现女性"私情"的"女性歌曲文本"。

后来的《何日君再来》《四季歌》中的"君"和"郎"都是"你"的变体或具体性别指称。

当代歌曲"我对你说"的基本模式出现了很多变体,而这些变体往往是由不同的人称关系来体现的,我们可以归纳出以下几种人称关系模式,进一步分析这些不同变体的表达模式,是如何通过人称转化建构人与人、人与社群的情感交流。

一首歌是由言说主体和言说对象相互参照而成。也就是说,在歌中"我"和"你"依傍而生。歌曲中的形象是靠言说主体"我"对"你"即他者的欲望诉求而呈现的,"我"的欲望诉求对象"他者",会像一面镜子一样,反照出言说主体的自我形象。

"你"就是所谓的他者,也就是对主体起定义和合法化作用的一切,他者是主体之所以成为主体的原因。没有他者,主体不可能

---

① 参见肖燕芳:《"山歌"中私情歌谣的女性意识研究》,湘潭大学 2003 年硕士论文。

存在,因为主体依靠他者才能构成;反过来,没有主体,他者也不成为其他者,他者是为主体而出现的一个能指集团。因此,二者是"对峙"与"互塑"关系,这微妙的主体与他者的关系,也会体现在不同的歌曲文本中。

二 第二人称的复杂指称

"我对你唱",是最合乎歌曲表达模式的一种人称关系,也是歌曲最常用的表意格局。本来歌的基本功能就是用来表达并交流情感的,第一人称"我"的使用,应该是最符合歌的"我对你的倾诉诉求"的,而"你"这个称谓,也具有极大的包容性,任何一种声音指向一个"你"的时候,实际上就是在召唤出无数个"你"来聆听,"你"是词作者预设的最大范围的聆听对象。尤其在商业化时代,当歌曲力图追求最大可能的流行度时,这种"我"和"你"的人称模式是最理想的:"你"带领歌走向大众,大众这个集体中的每个人,都由"你"覆盖了。

"我"和"你"的人称关系模式之所以普遍,是因为它可以涵盖各种主题的歌:颂歌、情歌、友谊之歌等等。比如2008年北京奥运会的主题歌《我和你》,就是一首超越性别意指的歌。"我"和"你"的关系模式,用在颂歌中,是当代颂歌的一大特色。比如,这首任志萍作词、施光南作曲的《多情的土地》(关牧村原唱):

> 我深深地爱着你,这片多情的土地,
> 我踏过的路径上阵阵花香鸟语;
> 我耕耘过的田野上,一层层金黄翠绿,
> 我怎能离开这河叉山脊,这河叉山脊。

这是发送者向我们传送的一首颂歌。歌中的"你"是"土地",在这里,不只是拟人化的使用,而是歌适应"我对你说"这个基本表达模式所作的变化。"土地"这个象征指称,因为用"你"表达而被激活了。这一"你"和"我"模式一直是颂歌的偏爱。此时的代词"我"和"你"是一种集体模式,完全可以被"我们"和"你们"所替代。20世纪80年代中期由刘毅然作词、刘为光作曲的《共和国之恋》(刘畅原唱),也用了此模式:

纵然是凄风苦雨
我也不会离你而去
当世界向你微笑
我就在你的泪光里

1995年的《红旗飘飘》(孙楠原唱),由乔方作词,李杰作曲,也是同样的传承:

你明亮的眼睛牵引着我
让我守在梦乡眺望未来
当我离开家的时候
你满怀深情吹响号角

这些歌,如果不去看歌题明确的意义,我们完全可以将它们当情歌演唱,因为歌曲风格柔美,细致含蓄、温情,歌唱主体为"我",充满了个人式的感怀咏叹。颂歌情歌化是当代颂歌的重要趋向,关键性的因素在于人称的改变。1979年,在中国文化转型时期,由马靖华作词,张丕基作曲,李谷一原唱的《乡恋》招来批评,不是偶然,此歌中的"我"与"你"不再明确指代大众,情感相当个人化,代词指涉个人的嫌疑过大,也就会让整首歌的个人情调加重。

> 你的身影
> 你的歌声
> 永远印在我的心中
> 昨天虽已消逝
> 分别难相逢
> 怎能忘记你的一片深情

而当此歌中的"我"一旦置换了传统颂歌中的歌唱主体"我们",歌曲的书写视角就显得更有个体性甚至私人性。

在情歌中,人称"我"和"你"往往点得很明,对比相当显著,"你"与"我"的态度对立展开,很容易在两性之间达到表意和交流的目的。比如这首潘丽玉作词、杨明煌作曲的《棋子》,把男女关系比喻成你进我退的棋局,组成了本书第一讲所讨论的"曲喻":

> 想走出你控制的领域,
> 却走进你安排的战局。
> 我没有坚强的防备,
> 也没有后路可以退。
> 想逃离你布下的陷阱,
> 却陷入了另一个困境。
> 我没有决定输赢的勇气,
> 也没有逃脱的幸运。

此歌曲让我们看到,"我"和"你"之间是一种"控制"和"被控制"的关系。关键是我们可以将此理解为两性之间的冲突,但无法识别其中的性别关系。因为歌曲中被言说的"我"并没有明确的性别指示。一旦歌曲被演唱,性别指向就会凸显:这首歌最早演唱者是女歌手王菲;歌手性别身份对文本身份有重大影响,歌众自然地把歌中的"我"作为一个女性来理解,相应的"你"就可能是男性接收者,歌中的"控制"和"被控制"关系,就有了男性权力主宰和性别控制的涵义,女性落入男性安排的"战局"和"陷阱",无法可逃。但就歌曲本身来说,它的文本性别性是相对的,可塑的。这里只是强调,"我"和"你"是歌曲中最自然的表达模式,这个主题的产生,必须先有"我"和"你"的性别定位。

和上一首歌对比,由方文山作词、周杰伦作曲并演唱的《青花瓷》,虽然也是明显的"我对你说"模式,但被言说的言说主体有了不可混淆的性别指示。

> 素胚勾勒出青花笔锋浓转淡
> 瓶身描绘的牡丹一如你初妆
> 冉冉檀香透过窗心事我了然
> 宣纸上走笔至此搁一半
> 釉色渲染仕女图韵味被私藏
> 而你嫣然的一笑如含苞待放
> 你的美一缕飘散　去到我去不了的地方
> 天青色等烟雨　而我在等你
> 炊烟袅袅升起　隔江千万里
> 在瓶底书汉隶仿前朝的飘逸
> 就当我为遇见你伏笔

这是一首充满古典韵味,描写美丽邂逅的歌。虽然此歌将"你"的美,依稀隐藏在"青花瓷"的风雅中,但我们依然能识别出"我对你说"的模式。歌曲"瓶身描绘的牡丹一如你初妆","釉色渲染仕女图韵味被私藏"等,"美"的内涵明显具有性别色彩:这里的"你"一定是指称女性的,对应的"我"便是男性。此歌的文本内的性别是定型的。

"我对你说"的基本模式下,因为有"我"和"你"这样具体的人称代词,歌曲就可能通过后续的表现(包括音乐风格、歌星表演、包转发行、社会推广等),而取得强烈性别化的呼应。

三　隐藏的第一或第二人称

只出现"我",而不见"你"的踪影,这种现象在歌词中出现频率很高。此时,歌就多了一份"独白"的意味。然而,这些歌曲依然属于"我对你说"的变体,只是"你"更为隐蔽。整首歌似乎只是在独白"我"的某种心情。例如这首琼瑶作词、刘家昌作曲、邓丽君原唱的《一帘幽梦》,这里的"我"有明显的女性特征:

  我有一帘幽梦
  不知与谁能共
  多少秘密在其中
  欲诉无人能懂
  窗外更深露重
  今夜落花成冢
  春来春去俱无踪
  徒留一帘幽梦

虽然整首歌没有提到"你",但至少"欲说无人能懂"是在虚位以待"你"的出现。再例如陈涛作词、张宏光作曲的《精忠报国》(屠洪刚原唱):

  忍叹惜　更无语　血泪满眶
  马蹄南去　人北望
  人北望　草青黄　尘飞扬
  我愿守土复开疆
  堂堂中国要让四方　来贺

歌曲通过前面的大段情感铺垫,最后出现"我",进一步强调了歌唱主体的精忠报国的决心,但整首歌找不到"你",歌的对象就似乎是整个国家。

  "我对你说",是歌曲作为特殊门类与生俱来的表意方式,脱离这个方式,歌就失去了其存在的意义。歌曲的目的是获得一种与接收者意动性的交流,例如黄霑作词、王福龄作曲的《我的中国心》(张明敏原唱):

  河山只在我梦萦
  祖国已多年未亲近
  可是不管怎样也改变不了
  我的中国心

这类看似"独白式"的歌,实际上就如同观众在台下观看演员的独白式的心理活动一样。换句话说,不管这个"你"是否出现,作为歌唱主体的"我",都有一个潜在的接受者"你"存在。

与上面只有第一人称"我"完全相反的是只有第二人称"你"出现于字面的歌。这类歌也完全凸显了"我对你说"的基本模式，让接受者成为主人公，更强调了作为接受者的"你"。比如小虫作词作曲的《心太软》(任贤齐原唱)：

> 你总是心太软心太软
> 把所有问题都自己扛
> 相爱总是简单相处太难
> 不是你的就别再勉强

我们既可以将此歌看成一种自我反省式的独白，也可以看成是对他者"你"的责备。显然，"我"作为抒情自我，总是比较容易被听者构筑出来，"我"作为歌声的源头，无可置疑。与此异曲同工的有另一首歌《梦醒时分》(李宗盛作词作曲，陈淑桦原唱)：

> 你说你爱了不该爱的人
> 你的心中满是伤痕
> 你说你犯了不该犯的错
> 心中满是悔恨

下面这首李安修作词、陈耀川作曲、孟庭苇原唱的《风中有朵雨做的云》稍微有些不同，歌曲中多了一个简洁的"云"意象描写。云雨意象是中国传统两性关系的象征，整个比喻本身就是一种双方呼应的态势，因此只能是情歌"我"和"你"之间的情感交流，把"你"放在这种寓意中，自然有了性别指意。

风中有朵雨做的云

一朵雨做的云

云的心里全都是雨

滴滴全都是你

每当天空又下起了雨

风中有朵雨做的云

每当心中又想起了你

风中有朵雨做的云

而易善佑作词、樊凡作曲《等不到的爱》(樊凡原唱),则通篇说的是"你":

遮住了天地遮不住你的情

你在等待着谁

建筑了城堡

等待着天鹅的栖息

藏不住你空虚的心灵

你在眺望着谁

拥有了世界

却拥有不了平凡的爱

在小说叙述学看来,第二人称"你"在小说中是一种不自然的人称,所谓第二人称小说,往往令叙述变得怪异。[1] 因为一般叙

---

[1] Monika Fludernik, *Towards a "Natural" Narratology*, London & New York: Routledge, 1996.

述,包括小说,是让"你"安安静静地听"我"讲关于第三人称的故事。让叙述接受者"你"作为主人公出现在叙述中,就破坏了小说叙述的一般格局,很难把小说家的叙述潜能发挥出来。法国新小说派的代表作家米歇尔·布托尔的小说《变》,采用了第二人称叙述,但这种带有实验性质的叙述,被不少评论家认为由于受到小说常规叙述的限制而显单调。高行健的小说《灵山》,也采用了多种人称叙述,其中每章包括第二人称一节;多人称的交替使用,构成了一般叙述作品中很难见到的空间想象,有评论者指出,这种绝对主观的空间配置,和高行健之前的现代戏剧探索有很大的关联。[①]

在所有的依靠语言表意的艺术门类中,戏剧是与歌曲的现场表演性最接近的,都需要"你"作为受召主体,必须参与进来,这个受召主体"你"对歌更为重要。窦唯作词作曲的《黄昏》(窦唯原唱),是一个奇特的文本,歌曲故意营造出特别的节奏和陌生意象,前面都是无人称描写,最后一句忽然转向一个"你"字,把听者拉入歌曲语境,但这个"你"究竟是谁,和"我"有什么关系,却不清楚。

> 晚来声香　脸雾云床　晨慌河光　目作风　空蓝性忘
> 红无酒伤　时进话跑　笑飘广唱　雨吻追忘
> 躲亮感撞　桌摇　放　湖春痛开
> 烟　哭　床　想　你　嘘

歌曲中的人称"你",不可能如小说受述者那样,是个不必显

---

① 参见许自强:《虎年札记》,《书城》,2011年2期,第78—79页。

身的人格,"你"在歌的传达格局中占有重要地位,这是歌曲作为"意动性文本"最重要的特征。

四　单显的第三人称

在各种人称关系模式中,只出现第三人称"ta"的歌,似乎和歌曲的基本表达模式"我对你唱"距离最远,仿佛故事和"你""我"都无关。比如,方文山作词、周杰伦作曲并演唱的《止战之殇》:

> 她在传唱不堪的伤
> 脚本在台上　演出最后一场
> 而全村人们在座位上静静地看
> 时间如何遗弃这剧场
> 战火弄脏　她的泪光

第三人称,即我们通常所说的全知视角的叙述,这是"我"对我们讲述的一个关于"她"的故事。但一旦我们考虑它作为歌的特殊性,第三人称就会使歌的抒情性有所降低,而叙述性更为强烈、清晰。为什么歌曲作者要选择叙述第三个人的故事?这实际上是要回答,为什么"我要对你唱关于她的歌"?因为唱的主题与对象不可能不存在,作为潜在的歌众,依然被控制在"我对你说"的表意模式下。

歌曲中出现"我"与"ta"(它,他,她)这样复杂的人称关系,并不意味着改变了基本表达模式;人称关系的变化,只是为歌曲的表达增添了层次和技巧。叙述对象与叙述主体的分离,"你"的隐藏,或"她"的缺场,让"我"的言说出现了对象的分化。比如,方文山作词、周杰伦作曲并演唱的《心雨》：

> 橡树的绿叶啊　白色的竹篱笆
> 好想告诉我的她　这里像幅画
> 去年的圣诞卡　镜子里的胡渣
> 画面开始没有她　我还在装傻
> 说好为我泡花茶　学习摆刀叉
> 学生宿舍空荡荡的家
> 守着电话　却等不到她

我们听到的歌，是一个关于"我"与"她"的故事。歌中的"我"似乎是对一个虚拟空无的"你"讲述关于"我"和"她"的故事。

黄舒骏作词作曲并原唱的《马不停蹄的忧伤》似乎把台湾诗人郑愁予的著名诗句"我达达的马蹄是美丽的错误"演述成了一个故事，①但此歌把"你"改成了"她"，就成了一种有距离的回忆，尽管歌曲中出现了一个人物名字，并加入了一句对话转述，但整首歌并没有偏离歌曲"我对你说"的基本格局。

> 我永远记得少年的时候
> 在薇薇家的后门

---

① 此句暗指郑愁予的名诗《错误》："我打江南走过/那等在季节里的容颜如莲花的开落/东风不来，三月的柳絮不飞/你的心如小小的寂寞的城/恰若青石的街道向晚/跫音不响，三月的春帏不揭/你的心是小小的窗扉紧掩//我达达的马蹄是美丽的错误/我不是归人，是个过客……"

> 祈求一个永恒的约定
> 喔！　令我心碎的记忆
> 她那凄迷的眼睛
> 温暖的小手
> 轻柔的声音
> 怜悯着我的心意
> 说着她最后的话语

在相当少的歌曲中，会有"你与 ta"这两个不能形成对应的代词出现，这时候有一种戏剧性的人称冲突，也成为歌曲基本表意模式的变体。虽然"你和 ta"一起出现，但重点明显在"你"，似乎在告诉"你"如何对付"ta"。例如这首黄婷作词、易桀齐作曲、梁静茹演唱的《别再为他流泪》：

> 你走了太久一定很累
> 他错了不该你来面对
> 离开他就好　就算了
> 心情很干脆
> 他其实没有那么绝对
> 远一点你就看出真伪
> 离开他不等于你的世界会崩溃
> 转个弯你还能飞

尽管歌曲中并没有出现人称"我"，也没有明确"我"与"你"及"他"三者关系，但语句从"我"出发，"我"的观察和劝说语气，显然使这种关系出现了戏剧性态势。

在某些歌中,人称关系可以更进一步地复杂化,构成一种"多人称组合",例如方忏(陈蝶衣)作词、梁龄选作曲、徐小凤演唱的《心恋》,"我""你""她"三种人称同时出场,歌曲唱出了三人之间非常微妙的情感关系:

> 我想偷偷望呀望一望他
> 假装欣赏欣赏一瓶花
> 只能偷偷看呀看一看他
> 就好像要浏览一幅画
> 只怕给他知道笑我傻
> 我的眼光只好回避他
> 虽然也想和他说一说话
> 怎奈他的身旁有个她

俄国形式主义理论家什克洛夫斯基曾经说过:"艺术的技巧就是使对象陌生化,使形势变得困难,增加感觉的难度和时间的长度,因为感觉本身就是审美目的,必须设法延长。"[①]这种通过陌生化的途径延长并加深审美感受,对歌曲来说,并不容易。叶晓作词作曲、李宇春演唱的《我是你的××》,就有意地在人物关系上打哑谜,以造成陌生化的效果,延长听者的感受。这一首歌中,通过人称代词的变体,而产生了一种陌生化的张力,应该说是一个很成功的实践。"你的她"与"你的××"(意思是"我"的身份不明,因为这个称呼指的是"我")是两种不同的角色,到最后,"谁是谁的

---

① 赵毅衡、傅其林、张怡编:《现代西方批评理论》,重庆大学出版社,2010 年,第 125 页。

谁"就成为"我"不得不面对的却又无法弄清的人际关系,这样就表达了当代人的人际关系困境。

> 我是你的××　在你需要时陪你说话
> 在你需要时学会　装聋作哑
> 因为我不是你的她　只是你的××
> 我的问题你不用回答　我不会不识趣的让你　尴尬
> 因为我明白我始终　不是你的她
> 不要为我觉得难过　这是一道甜蜜的伤口
> 只想看着你微笑的嘴　不必在意谁是谁的谁

方文山作词、周杰伦作曲的《阳光宅男》中的人称更为纠缠,五种人称都用在了这一首歌中:"我""你""他""她""我们"反复交错。

> 他不在乎我却想哭　有点无助
> 他的样子像刚出土的文物
> 我也要等　我也不能让你再走寻常路
> 我决定插手你的人生
> 当你的时尚顾问　别说你不能
> 让我们乘着阳光
> 海上冲浪　吸引她目光

这首歌与前面谈到的那首《我是你的××》故事很相近:都是两个男生和一个女生的故事,但这首歌在人物情感关系上似乎更为复杂。歌曲中"你"是"我"暗恋的姑娘,当"我"意识到"他"的存在,并不能带给想要的爱情时,"我"便打算插手"你"的人生。

不难发现,歌曲中多种人称的使用,不仅和歌曲的表达情境的复杂性有关,也和现代生活的错综、人的思维的复杂相契合。与上面相类似的人称故意复杂化的例子还有郑钧作词作曲并演唱的《回到拉萨》,除了"我""你"之外,第三人称"她"还具有超越性别的象征含义;何启弘作词的《失恋阵线联盟》(草蜢原唱)则是描写两个男生对一个"无情女郎"的怨恨,多种人称关系的变体,能更好地体现出当代文化中复杂的情感和价值观念。

五 复合人称及无人称

"我们"这样的复合人称,在常见的集体性质的颂歌、宣传歌、励志歌等体裁中,最为多见。比如《亚洲雄风》(徐沛东作曲,张藜作词,原唱韦唯、刘欢):

> 我们亚洲　山是高昂的头
> 我们亚洲　河像热血流
> 我们亚洲　树都根连根
> 我们亚洲　云也手握手

"我们"作为一种言说主体,代表的是一种集体(在这里是"亚洲人")情感,它可以豪放奋进,也可以温柔劝说。罗大佑作词作曲并原唱的《摇篮曲》:

> 让我们的孩子睡在母亲的怀里
> 让母亲的希望寄托在孩子的梦里

当流水悠悠飘来花香的醉意
春雨也滋润了绿叶萌芽的奇迹
让孩子们留下一些尘封的记忆
让他们将来懂得去辛酸地回忆
母亲的怀中有多少乳香的甜蜜
睡梦里伴有多少轻柔的细语

和传统的《摇篮曲》不同,这首歌因为"我们"这个复合人称,表达的感情主体呼吁所有的"父亲",增强了歌众的认同和文化意义。

"我们"作为歌曲人称还可以衍生出另一种变体,即无人称歌曲。李叔同的《送别》和罗大佑的《童年》,歌曲中都没有出现人称代词。古代歌词惜墨如金,用字较少,无人称代词的歌曲比较普遍,例如被今人配曲演唱的李白的《床前明月光》。"由于受到诗歌的体格、声调的限制,在多数情况下,作者只能以潜隐的状态叙述。叙事诗的视角变化和叙事表层结构并不清晰,其原因在于个人化叙事特点和传统叙事诗创作观念的影响。"[①]

而当代歌曲中,"我们"也可以省略,目的往往是希望表达的感情被大家分享,"我们"应成为不言而喻的人称代词。比如邓伟雄作词、顾嘉辉作曲、汪明荃原唱的《万水千山总是情》:

莫说青山多障碍　风也急风也劲
白云过山峰也可传情
莫说水中多变幻　水也清水也静
柔情似水爱共永

---

① 陈中伟:《中国古代叙述诗的隐藏作者》,《东岳论丛》,2008年第6期。

> 未怕罡风吹散了热爱
> 万水千山总是情
> 聚散也有天注定
> 不怨天不怨命　但求有山水共作证

Beyond 乐队的《大地》是一首粤语歌曲，依然采取了简省"我们"的无人称方式。表面上看，这首歌是一种客观描写，实际上是在呼唤"你"和"我"对如父亲般历经沧桑和艰辛的大地的强烈情怀。

> 在那些苍翠的路上
> 历遍了多少创伤
> 在那张苍老的面上
> 亦记载了风霜
> 秋风秋雨的度日
> 是青春少年时
> 迫不得已的话别　没说再见
> 回望昨日在异乡那门前
> 唏嘘的感慨一年年
> 但日落日出永没变迁
> 这刻在望着父亲笑容时
> 竟不知不觉的无言
> 让日落暮色渗满泪眼

窦唯作词作曲的《高级动物》，如果没有歌曲"我对你说"这个基本表意模式的指称，没有最后一句隐藏着的被召主体"你"的卷入,我们就无法把它作为歌来阅读,只不过是一连串形容词的堆砌。这时,主体代词是被歌的意义强制生成的,被最后一句追问"幸福在哪里"倒逼了出来。

> 矛盾　虚伪　贪婪　欺骗
> 幻想　疑惑　简单　善变
> 好强　无奈　孤独　脆弱
> 忍让　气忿　复杂　讨厌
> 嫉妒　阴险　争夺　埋怨
> 自私　无聊　变态　冒险
> 好色　善良　博爱　诡辨
> 能说　空虚　真诚　金钱
> 幸福在哪里　幸福在哪里

这样奇特的文本,一旦进入歌的语境,这些形容词很快就被重构出事物的引导句即"我们看到"或"我们周围都是",歌众也就会自然理解了言说主体的意图:这个"我们"没有出现,却有着强大的指称能力。

方文山有一首颇有"歌曲写作法"特征的"素颜诗"《管制青春》:

> 我用第一人称
> 将过往的爱与恨
> 抄写在我们　的剧本
> 我用第二人称
> 在剧中痛哭失声

与最爱的人　道离分
我用第三人称
描述来不及温存
就已经转身　的青春。

从一般歌曲中的人称锚定到人物角色的推进,不仅是歌曲人称的创新,更是歌曲叙述性增强的明显体现。

在当代歌曲中,我们还能听到人称安排更为具体而真实的歌曲,比如宋冬野作词作曲并演唱的《董小姐》,平实而真切,仿佛生活中真有其人。谭维维、高晓松作词,旅行团作曲,谭维维演唱的《谭某某》,几乎是自己的一个简单自传。像这样直接把自己或他人写进歌题的还有很多:《心有林夕》(蓝小邪作词,郑楠作曲,林宥嘉原唱)、《周大侠》(方文山作词,周杰伦作曲及原唱)、《我不是李宇春》(老猫词曲,梓旭演唱)……周杰伦为其主演的电影《大灌篮》创作的主题曲直接就叫《周大侠》。在歌中直接写进当代人名字的也很多,比如周杰伦的歌中有这样的歌词,"你问中国风,最好去问方文山"。林文炫作词、吴庆隆作曲、胡彦斌演唱的《男人KTV》中,"张学友唱出我的情节……陈奕迅那首歌是唱的他自己"。人称越具体,歌越是个性化。歌曲说出自己的故事,其叙述就顺理成章。

总结以上四种人称关系的变体,我们可以发现,歌曲的基本表意格局是"我对你说",但也有许多变体,在这些变体中,很容易做出一个代词使用方式序列:

第一类:歌曲中"我"与"你"人称同时出现,这种情况最多;

第二类:"我"或"你"只出现一个,隐含另一个,此时人称关系出现了曲折;

第三类:第三人称或多人称组合的出现,人称关系进一步复杂化,这在当代歌曲中使用频率上升,有特殊的时代色彩。

第四类:"我们"用"无人称",隐含"我们",在流行歌曲中,尤其是以情歌为主题的歌曲中,用得最少。歌曲虽然是一种"公共体裁"(communal genre),但个体化是流行歌曲的主调。

歌曲赏析与延伸思考

《她》(She),是电影《诺丁山》(Notting Hill)中一首广为传唱的插曲,由英国词曲作家、歌手埃尔维斯·科斯特洛(Elvis Costello)演唱。埃尔维斯是在朋克和新浪潮狂潮中涌现出来的摇滚乐天才,善于用多元化的音乐去搭配很有个性的歌词。此歌听上去是一组抒情式的排比,但在电影语境中,实际上是电影男主人心目中的"她"的形象;正是通过歌的第三人称的讲述,才加强了此形象的个性和故事性。

She

May be the face I can't forget

The trace of pleasure or regret

May be my treasure or the price I have to pay

She

May be the song that summer sings

May be the chill that autumn brings

May be a hundred different things

Within the measure of a day

She

May be the beauty or the beast

May be the famine or the feast

May turn each day into a heaven or a hell

She may be the mirror of my dreams

The smile reflected in a stream

She may not be what she may seem

Inside her shell

She

Who always seems so happy in a crowd

Whose eyes can be so private and so proud

No one's allowed to see them when they cry

She

May be the love that cannot hope to last

May come to me from shadows of the past

That I'll remember till the day I die

She

May be the reason I survive

The why and wherefore I'm alive

The one I'll care for through the rough and ready years

Me

I'll take her laughter and her tears

And make them all my souvenirs

For where she goes I've got to be

The meaning of my life is She

She, oh, she.

第九讲　歌词的叙述性

一　歌词的两种构造成分

中国歌曲传统以抒情为主,此说几乎已成定论。① 叙事歌不仅出现晚,而且数量少,在中国诗史的讨论中,不占重要地位。②

---

① 有两点最值得注意。第一是西方学者已看出一切诗都是抒情的,悲剧诗和史诗也还各是抒情诗的一种。首倡此说者为法国美学家优佛罗瓦(Jouffroy),意大利美学家克罗齐(Croce)主张此说有力。第二值得注意的是西方学者现已看出凡是抒情诗都不能长,长篇诗不必全体是诗。这一说倡于美国诗人爱伦·坡(Edgar Allan Poe)。他说:"'长诗'简直是一个自相矛盾的名词。"他认为《荷马史诗》和《失乐园》之类的长篇诗,都是许多短诗凑合起来,其中有许多不是诗的地方。近代考据学者对于史诗如何形成这一问题所得的结论亦颇与爱伦·坡的学说暗合。古代史诗都是许多短篇叙事诗的集成。
② 这里提及的中国汉语诗歌传统,不包括中国少数民族史诗;据少数民族学学者考证,被称为"三大史诗"的藏蒙史诗《格萨尔》、蒙古族史诗《江格尔》和柯尔克孜族史诗《玛纳斯》,内涵丰富,情节曲折,结构恢宏,气势磅礴,皆为几十万诗行的鸿篇巨制,当之无愧地跻身于人类最伟大的英雄史诗之列。除"三大史诗"外,在中国的北方和南方,学界还发现并记录了数以千计的史诗与史诗叙事片段,北方的蒙古、土、哈萨克、柯尔克孜、维吾尔、赫哲、满等民族,以及南方的彝、纳西、哈尼、苗、瑶、壮、傣等民族,都有源远流长的史诗传统和篇目繁多的史诗叙事,这些史诗至今以口头演、说、唱等方式在本地传承和传播。

尤其当专用的叙述形式如讲史、平话、曲艺、戏曲、小说出现之后，用诗讲故事就成了特例。① 如果我们只考察歌曲，那么常被称为"歌行"的叙事歌更是少数，在曲子词和宋词元曲之中，叙事歌少到几乎无迹可寻。

延续这个传统，中国现代歌曲也以抒情为主，真正的叙事歌很少。朱光潜在其《长篇诗在中国何以不发达》一文中指出："中国诗和西方诗的发展的路径有许多不同点，专就种类说，西方诗同时向史诗的、戏剧的和抒情的三方面发展，而中国诗则偏向抒情的一方面发展。"这个总结一直被看成是无可辩驳的归纳。

然而，偏向抒情不等于说中国歌中没有广义的叙述性。叙述性歌在中国古代歌曲中处处可见，只是数量少，而且与抒情混杂，被遮蔽而不显②。

《毛诗序》中的"诗言志，歌咏言"，常被认为是中国诗歌必为抒情的理论根据，过于简要。闻一多曾对此作过详尽考证，他在1939年撰写的《诗与歌》中说："古时几乎一切文字记载皆曰志。"③所以，"诗言志"也就是：诗用语言来记载事件。《诗经·国风》中就有不少明显具有叙事性质的诗，如《生民》《公刘》《谷风》

---

① 在约五万首《全唐诗》中，《长恨歌》《琵琶行》《秦妇吟》等明白无误的长叙事诗，非常少见，即使加上"三吏三别"、《新乐府》这样的"小叙事诗"，比例也非常小。

② 中国古代最长的一千七百四十五字的叙事诗《焦仲卿妻》，朱光潜评论："衡其性质，不过是一种短篇叙事歌（ballad），而不能称为长篇叙事诗（epic）。"与《焦仲卿妻》齐名，被称为"乐府双璧"的另一首著名的叙事诗《木兰辞》，"旦辞爷娘去，暮宿黄河边。不闻爷娘唤女声，但闻黄河流水鸣溅溅。旦辞黄河去，暮至黑山头。不闻爷娘唤女声，但闻燕山胡骑鸣啾啾"，这段一半叙述行程，一半描写心情，叙述与抒情混杂。

③ 闻一多：《歌与诗》，载《神话与诗》，上海世纪出版集团，2006年，第148页。

《氓》等。但《诗经》中的叙事诗的确比较短小,冯沅君于 1937 年就讲到:"《诗经》里颇有几首近于史诗的篇章,……这些诗未尝不穆穆皇皇。但读起来,我们却觉得它们不够味。"①

实际上,在中国传统的歌诗中,叙述与抒情一直是混杂的,只是两者成分比例不同,混杂方式也不同。清代叶燮指出:"盈天地间万有不齐之数,总不出理、事、情三者。……六经者,理、事、情之权舆也。"叶燮所说的"理""事""情",每个文本可以兼有三者,只不过在不同的体裁中,各有侧重。

因此,在所谓抒情歌中,无论传统诗词,还是现当代歌曲,都很少能找到完全没有叙述成分的文本,正如在叙事歌中,很难找到没有抒情成分的歌曲,大部分歌曲,实际上都位于这两个极端之间。

近年来,随着当代歌曲创作的多元化发展,中国歌曲中,被遮蔽的叙述性现在越来越显露,叙述性的各种特征都逐渐凸显。这是相当一部分歌曲中的主导成分的变化。此变化意义深远,它构成了中国歌曲的"叙述转向",使中国歌曲向一个全新的阶段演变。

这里讨论的不是叙事歌与抒情歌的区分,而是同一首歌曲文本中的叙述性与抒情性的搭配,看这种互相配置方式如何影响着整首歌的品质,以及当代歌曲的叙述表意对当代文化新的格局产生的作用。在区分歌曲的叙述性和抒情性时,我们通常都把非叙述的句段,称为"抒情"。王夫之说,"即事生情,即语描绘"。实际上,一首歌的句段,可分为三种:叙述(narrative),描述(description),评述(commentary)。除了明显的叙述外,描述可包括景色、物状、人物、心情等,也只有描写心情可以算作抒情。评述也会混

---

① 冯沅君:《读〈宝马〉》,《大公报·文艺》,1937 年 5 月 16 日。

杂着叙述和抒情。因此,不能说非叙述的句段都是抒情。这样的二分法,很容易引导人把歌诗的主导向抒情偏移。

这个貌似清晰的讨论中,还出现一个巨大的问题:既然叙事歌可以包含抒情的句段而依然被称为叙事歌,那么抒情歌包含多少叙述句段,却依然能被称为抒情歌呢?这个分界线划在哪里?除了这个量上的区分,是否还可以有某种质的考虑?抒情歌是否能包含某种叙事句段?叙事句段能否包含抒情内容?

这就让我们必须从头考虑一个基本的问题:什么是叙述?把这个问题说清楚之后,我们才能逐一回答上述的各种问题。

叙述,是人类组织个人生存经验和社会文化经验的普遍方式。叙述的最基本定义:"叙述主体把有人物参与的情况变化,即事件,组织进一个意义文本,期待接受主体认知此文本中的伦理与时间方向。"[①]叙述强调"有人物参与的变化"。没有"人物"与"变化"这两点的文本,是"陈述"而不是"叙述"。叙述描写的是"人物在变化中",这是人类文化的根本性表意行为。

叙述中的所谓"人物",即一个"角色"(character),不一定是人,"人物"边界的确有点儿模糊:既然拟人的动物,甚至物(例如在科普童话中,在广告中)都是人物,"人物"必须是"有灵之物",那么他们要经历变化,具有一定的伦理感受和意图目的。比如为联想产品做的广告歌《最近》(姚若龙作词、林宇中作曲、张韶涵原唱),主人公是"牛仔裤":

最近我们最近　发现默契

---

① 赵毅衡:《三种时间向度的叙述》,见赵毅衡《意不尽言》,南京大学出版社,2009年,第8—23页。

我们一样不怕在雪地追寻

一相信就不放弃

歌体现的是"牛仔裤"这个"人物"的行为和伦理要求,此歌表面上抒情,实际上是一首广告叙事歌。因此,人物和变化构成的情节是叙述必然有的要素,否则叙述与陈述无从区分。

二 歌曲的意图时间性

叙述,首先必须有话语时间意图方向。班维尼斯特(Emile Benviniste)曾将话语的意图方向对应三种"语态":过去向度着重记录,类似陈述句;现在向度着重演示,结果悬置,类似疑问句;未来向度着重说服,类似祈使句。三者的区别,在于叙述意图与期待回应之间的联系方式。

歌与诗最接近,按雅克布森的"文本六功能"的说法,诗性,即"符号的自指性"。这与托多罗夫的"符号不指向他物"之说相应。但歌曲又不同于诗,歌的主导功能落在引发发送者的情感与接受者的反应,歌曲必须在发送者的情绪与接受者的意动之间构成动力性的交流。所以它的意图时间性是朝向未来的。

歌与小说、电影等一些记录过去事件的体裁很不相同:歌曲能将过去、现在与未来这三种内在的时间意图方向交织在一起。现在是歌曲表意的演出方式("我"此刻对"你"唱)所占的时间;将来是歌曲主导功能意动性("我"希望"你"回应)所期盼的时间;而过去,则是歌曲叙述化后出现的"被叙述时间"。也就是说,歌曲中被叙述的人物、情节、故事都可以在这三种时间向度上自由转换:过去事件是回溯,现在事件是"歌唱的此刻"正在发生的事,未来事件是"我"希望发生的,尤其希望"你"来采取行动。歌在三个时间方向上的叙述不仅能自由转换而且特别自然。比如这首梁弘志词曲、邓丽君原唱的《恰似你的温柔》:

  某年某月的某一天 就像一张破碎的脸
  难以开口道再见 就让一切走远
  到如今年复一年 我不能停止怀念
  怀念你 怀念从前 但愿那海风再起
  只为那浪花的手 恰似你的温柔

此歌把过去、现在、未来三个时段的意图时间对照得非常明显。再如汪峰作词作曲兼原唱的《春天里》,未来的时间意图从最后反复演唱的一句体现出来:

  还记得许多年前的春天
  那时的我还没剪去长发
  没有信用卡也没有她
  没有24小时热水的家
  可当初的我是那么快乐
  虽然只有一把破木吉他
  在街上在桥下在田野中
  唱着那无人问津的歌谣……
  如果有一天 我悄然离去
  请把我埋在 在这春天里

  反过来,李宗盛作词的《25岁那年》(黄韵玲作曲、陈淑桦原唱），从此刻的现在开始叙述，回到过去，最后还是面向未来：

> 我在半夜醒来　有点冷　有点陌生
> 这里一定离家很远
> 四月三日　我从光复南路来到了纽约的运河街
> 那一年　我二十五岁
> 有的是自以为是的执着
> 和后来才发现的要命的天真
> 离家万里　我盼望美梦成真

或者是叙述将要发生的事情，比如齐秦的《大约在冬季》（齐秦词曲兼原唱）：

> 轻轻的我将离开你
> 请将眼角的泪拭去
> 漫漫长夜里　未来日子里
> 亲爱的你别为我哭泣

可以说，叙述过去的事件，是比较"正规的"叙述，这也是小说最典型的叙述，因为事件一般发生在过去，哪怕是科幻或其他"未来悬猜小说"（speculative novel of the future），事件也发生在未来的过去。当叙述的事件发生在现在或将来时，抒情和叙述的混杂会更为复杂。抒情的本质是静止的，而叙述则必须在时间中展开某种变化，不管是过去已经发生的故事，还是现在和将要发生的愿望。再比如艾敬的《我的1997》（艾敬词曲兼原唱）：

我的音乐老师是我的爸爸
二十年来他一直呆在国家工厂
妈妈以前是唱评剧的
她总抱怨没赶上好的时光

我十七岁那年离开了家乡沈阳
因为感觉那里没有我的梦想

让我去花花世界吧
给我盖上大红章
1997 快些到吧
八佰伴究竟是什么样
1997 快些到吧
我就可以去 HONG KONG
1997 快些到吧
让我站在红勘体育馆
1997 快些到吧
和他去看午夜场

    歌曲从过去说到现在,再说到将来,但我们看到,这三个时间向度是相对于歌曲的"预设现在时"而言的。这里牵涉到一个重要概念,什么是歌的"预设现在时"？歌的"现在"就是演唱的此时,没有这个"预设现在时"做参照,就无法区分过去、现在、将来这三个时间之维。这是由歌的"现场表演性"特点决定的,这个"现场"不一定是歌星的演出现场,而是唱片、广播或者各种传唱的此刻现场。

"我对你唱"这一传达模式,实际也为歌曲提供了一个演出性的现时在场的叙述框架。在这个叙述框架内,歌曲叙述的意图时间,不一定限定在现在时,它可以回溯到过去,甚至歌唱现在和未来。从这意义上说,上面听到的这首歌中的"1997",实际上是个可以虚化的未来时间,是相对于"歌唱此刻"而言的。此歌是1995年创作且首唱,那时的"1997"是未来;对于今天的歌唱者来说,"1997"依然是未来。可见一首歌虽然可以在三个时间维度之间转换,但歌的意图时间都是未来的,都是围绕着"歌唱此刻"而设置的。即使是叙述的事件发生在过去,或者从过去出发的叙述,它的时间意图也是向着未来的。

三 叙述三素

叙述性出现在歌曲中时,就会出现所谓的"叙述三素",即人素、时素与地素。歌曲借这些元素与表现对象建立关系,尤其与我们的"经验现实"或"文本间现实"建立关系。尽管在同一首歌里这三种要素并不一定都需要出现。

时素,即歌曲叙述事件的时间点。比如,歌曲《年轻的朋友来相会》(张枚同作词,谷建芬作曲,任雁原唱)中,"我们80年代的新一辈"中的"80年代"就是一个鲜明的时素。再如歌曲《松花江上》(张寒晖词曲,程志原唱)中反复吟唱的"九·一八"。我们看到这两种时素非常特定,它锚定在时代、历史上。但大多数当代歌曲,时间的锚定更为具体,比如三毛作词的《七点钟》(李宗盛作曲,齐豫原唱):

今生就是那么地开始的

走过操场的青草地

走到你的面前

不能说一句话

拿起钢笔

在你的掌心写下七个数字

点一个头

然后狂奔而去

守住电话

就守住度日如年的狂盼

铃声响的时候

自己的声音那么急迫

是我是我是我是我是我是我

七点钟

你说七点钟

好好好

我一定早点到

此歌中的"七点钟",是某个人人生经历的一个具体的点,此时的时素,就不再具有宏观历史的锚定意义,而更为个人化。刀郎作词的《2002年的第一场雪》(刀郎作曲兼原唱)也是一个较好的例子:

2002年的第一场雪

比以往时候来的更晚一些

停靠在八楼的二路汽车

带走了最后一片飘落的黄叶

歌曲"2002年","停靠在八楼的二路汽车",这样具体的时间、地点,几乎可以被任意一个城市地名所取代,而意义不变。但此歌往下的语句却完全抛开了叙事,投入抒情:

> 忘不了把你搂在怀里的感觉
> 比藏在心中那份火热更暖一些
> 忘记了窗外的北风凛冽
> 再一次把温柔和缠绵重叠

这样就与开头形成了极端鲜明的对比,"过分具体"的开头场景可以说是神来之笔,"坐实"了本是一般化的爱情场面,以及感觉描写的具体可信度。相当多的歌曲中的时素和地素,都在尽力摆脱笼统化和一般化,以产生疏离性的"虚点叙述",与经验世界的锚定关系并不清晰。因此,时素的锚定能力,要看世俗的特定性,而歌曲的叙述往往需要其他要素的帮助。

人素,也就是歌曲中出现的人物。一旦歌曲中的人物锚定,我们便由此了解歌曲中的内容背景。人素一样可以分成"特定"与"一般"两种,而且由于歌曲的特殊性质,在传统歌曲中,特定式的人素并不多见,有时见到的,也多为英雄或伟人身份,而且往往在标题中就点明了人素,如《嘎达梅林》(王跃作词,宋文彪作曲,德德玛原唱)。《春天的故事》(蒋开儒、叶旭全作词,王佑贵作曲,董文华原唱)中的"有一位老人",已经点得不能再明白。但这一类歌曲因为人物的特殊身份,歌曲会明显地向颂歌的抒情性靠拢。

20世纪30年代的《黄河大合唱》(光未然作词,冼星海作曲)组曲中,"黄河对唱"的两个人物"张老三""王老七",显然是一种类型人物,是中国农民的代称。90年代李春波的《小芳》(李春波词曲兼原唱),尽管在流传的过程中,意图歧出,被当作城市农民工写给留守乡村的恋人的情歌,但创作者的本意,是写给上山下乡时期知识青年留守农村的恋人的。不可否认,一旦特指性的人物和某个共同的历史场景中有了某种锚定关系,歌曲的故事,就是在讲一类人的故事,而不是一个人的故事。比如,台湾郑智化作词作曲并演唱的《阿飞和他的那个女人》:

> 离开家乡在台北混了几年
> 阿飞曾有满腹的理想
> 事到如今依然一事无成
> 阿飞开始学会埋怨
> 开始厌倦身边所有的一切
> 阿飞每次生气的时候
> 那个女人显得特别可怜
> 这样的日子一天一天
> 阿飞花掉身上仅有的钱
> 阿飞付不起房租买不起烟
> 吃饭喝酒都靠那个女人

在当代歌曲中,歌曲的叙述性不仅靠人素的特定性来增强,人物身份也下移,更强调"有人物参与的变化",即"人物在变化中"。只有"人物"而没有"变化"的文本,通常就会落入陈述或抒情模式,而不能称为"叙述"。周杰伦作曲兼原唱的《娘子》,常被认为是台湾歌词作家方文山"中国风"的发轫之作,《娘子》一炮走红,通常的意见是说这首歌曲有中国风魅力,其实并不完全如此。方文山这首歌曲的叙述方式,似乎是一段古典爱情,娓娓道来,给这首歌添加了特殊的魅力：

> 我说店小二　三两银够不够
> 景色入秋　漫天黄沙掠过
> 塞北的客栈人多　牧草有没有
> 我马儿有些瘦
> 天涯尽头　满脸风霜
> 落寞近乡情怯的我
> 相思寄红豆　相思寄红豆
> 无能为力的在人海中漂泊
> 心伤透
> 娘子她人在江南等我
> 泪不休　语沉默

让一个现代的"我"做叙述者（不管是否被看做是词作者自己，还是演唱者周杰伦，还是每个歌众），叙述"我"与一个远古的"娘子"的感情故事，这在容易写得陈腔滥调的情歌中，是非常引人注目的创新。在此我们只能说，方文山在此巧妙地开辟了一种特别的叙述修辞途径，笔者称之为"穿越式叙述"。这种"穿越式叙述"有点类似于当下网络上流行的爱情穿越小说：让叙述主体"我"或被叙述主体"你"，穿越于不同的时空中，完成故事奇迹，讲述一段爱情传奇。

在人素的运用上，歌曲中也可以出现小说中常用的特种"人物"，即并不是真正的"人物"，却具有人格性的"角色"。歌曲的这种叙述效果，打破了一般的"我对你唱"模式，实际上，是"我"在给"你"讲另一个人的故事。比如方文山作词、周杰伦作曲、温岚原唱的《胡同里有只猫》，歌曲是叙述者对我们讲述的关于一只猫的故事，这个故事中的"人物"不是人，而是一只拟人化的猫，它是推动情节的一个重要角色。

> 胡同里有只猫　志气高
> 他想到外头走一遭
> 听说外头世界啥都好
> 没人啃鱼骨　全吃汉堡

然而，歌曲的叙述意图，并不是让歌停留在"猫"的故事中，而是通过这个故事，邀请歌众加入自己的阐释，在更高的层次上，进行思想和情感交流。此时，人素已经越出了歌曲的一般"你""我""他"的言说模式，人物的灵活使用，大大增强了歌曲的叙述力量。

地素，相对于时素、人素来说，歌曲中的地素只在某些歌曲中至关重要，例如当今服务于旅游文化而发展出的"形象歌曲"。因为"形象歌曲"是作为一种地域文化的标识性符号来使用的，所以，地素锚定是形象歌曲中不可缺少的因素。但通常来说，由于"形象歌曲"的目的在于宣传，它借重歌曲的是歌众不断重复传唱的艺术这一天然优势，通过反复使用，达到象征符号效果，得以大范围地流通，所以形象歌曲更多是抒情式的，它占用了地素而不叙述故事。比如《延安颂》（郑律成作曲，莫耶作词，李双江演唱）、《太阳岛上》（邢籁、秀田、王立平作词，王立平作曲，郑绪岚原唱），《太湖美》（任红举作词，龙飞作曲，黄静慧原唱）。但在当代歌曲中，地素成为一个故事中必不可少的因素，它参与故事的叙述，比如汪峰的《晚安，北京》（汪峰词曲兼原演唱），还有朴树的《白桦林》（朴树词曲兼原唱）：

有一天战火烧到了家乡
小伙子拿起枪奔赴边疆
心上人你不要为我担心
等着我回来在那片白桦林
……
噩耗声传来在那个午后
心上人战死在远方沙场
她默默来到那片白桦林
望眼欲穿地每天守在那里
她说他只是迷失在远方
他一定会来　来这片白桦林

歌中的"白桦林",是战争岁月中一对年轻恋人忠贞爱情的见证,也是战争的残酷和爱情的浪漫强烈对比效果的重要依托。方文山作词、周杰伦作曲兼原唱的《上海一九四三》,歌题上的地素和时素就凸显出歌曲的叙述效果,此歌并不是为上海作形象宣传,而是一段历史中的爱情故事:

消失的旧时光一九四三
在回忆的路上时间变好慢
老街坊小弄堂
是属于那年代白墙黑瓦的淡淡的忧伤
消失的旧时光一九四三
回头看的片段有一些风霜
老唱盘旧皮箱
装满了明信片的铁盒里藏着一片玫瑰花瓣

这首歌曲似乎是一段回忆式的叙述,一个个表现"上海一九四三"的画面:"小弄堂""白墙黑瓦",在这个更具体化的地素上,"老唱盘""旧皮箱""装满了明信片的铁盒""一片玫瑰花瓣"这些意象一一推进,虽然没有鲜明的人素出现,但是因为地素造成的空间锚定,使人无法不联想起这背后若隐若现的故事,甚至是一个曾经两地相思、充满伤感的爱情故事。对于香港文化界来说,当年的上海是怀旧的顽念。

可以看到,时素、地素、人素这"三素",是催生歌曲叙述品格的一些基本要素。虽然"三素"并不必然导致讲故事,但它们都有一般与特殊之分:特殊者因为靠近"真实历史",叙述性就比较强,越是"特殊"的时素、地素、人素,对于叙述性的贡献就越强;越是掌握时素、地素、人素的种种变异,歌曲的叙述性就越明显,歌曲的故事性也越强烈。反之,一旦"三素"的特殊性降低,歌曲也就容易显得一般化,情节也渐渐一般化,甚至可能与情景描述的抒情模式很难区分。叙述转向使当代歌曲的式样更丰富,这首先体现在叙述"三素",尤其是特殊性强的"三素"的凸显上。

四 叙述性的量化与分类

歌曲往往是复杂的混杂物:歌词的各部分,在极端的"叙述性"与极端的"抒情性"之间,排成一个连续的光谱,我们无法明确地划开范畴种类。虽然这个比例,不容易数量化,因为即使我们能看出某些句段在讲故事,这一段的叙述性也可能会有强有弱。一首歌,往往是抒情与叙述混合,这样的例子很多,就如前文举出的刀郎《2002年的第一场雪》这个例子,一段叙述,跟着一段抒情。因此,叙述句段的比例,是叙述性强弱的明显标志。歌曲的叙述转向,表现为歌中的叙述句段(也就是讲故事的部分)在比例上的增加,即叙述语句在全文的比例增大。

根据叙述部分的比例,我们可以将歌曲分成四类:纯叙事歌,强叙事歌,弱叙事歌,纯抒情歌;这样就可以跳出将歌曲分成抒情和叙事两大类式的传统研究,有了一个叙述性程度变化的序列,以便更好地观察当代歌曲的发展和变化。

纯叙事歌,即从头到尾基本上是在说故事,整首歌几乎全部是叙述句段,传统经典的例子有《孔雀东南飞》与《木兰辞》,当代歌曲中,上文引的《七点钟》也应该算。再例如,方文山作词的这首《爷爷泡的茶》(周杰伦作曲兼原唱):

> 犹记得那年　在一个雨天　那七岁的我　躲在屋檐　却一直想去荡秋千
> 爷爷抽着烟　说唐朝陆羽写茶经三卷　流传了　千年
> 那天我翻阅字典　查什么字眼　形容一件事　很遥远　天边　是否在海角对面
> 直到九岁　才知道浪费时间　这茶桌樟木的横切面
> 年轮有二十三圈　镜头的另一边　跳接我成熟的脸
> 经过这些年　爷爷的手茧　泡在水里　会有茶色蔓延

歌曲将"我"的成长过程,和爷爷泡的茶相连,实际上制造了一种巴赫金所说的复调对话效果;通过讲述"爷爷泡的茶",告诉"你"一段"我"的成长故事。

强叙事歌,这类歌曲大部分段落是在讲故事,但有部分是抒情,我们也常常称为叙事歌。除了局部段落,前后常贯通一个完整的叙事。比如上文论述到的《白桦林》《春天里》,从下面的例子中

也可以看出其构成,如许常德作词、颜志琳作曲、黄磊原唱的《等等等等》:

> 这原是没有时间流过的故事
> 在那个与世隔绝的村子
> 翠翠和她爷爷为人渡船过日
> 十七年来一向如此
> 有天这女孩碰上城里的男子
> 两人交换了生命的约誓
> 男子离去时依依不舍的凝视
> 翠翠说等他一辈子
> 等过第一个秋
> 等过第二个秋
> 等到黄叶滑落

这歌曲里只有一个特殊人素"翠翠",尽管"爷爷""城里的人"是一般化称呼;"与世隔绝的村子"作为地素也很一般;"没有时间流过",时素基本上被文本自我否定,但听众知道这是根据沈从文《边城》改编的故事,借用的小说情节自动填实了歌曲中"三素"的特殊性,增加了这首歌的叙述性。

由张楚词曲兼演唱的《姐姐》也是一个很好的例子。据资料说,这首歌是张楚讲述自己的成长经历,但在分析或欣赏此歌时,我们不需要把"我"当做张楚。此歌人素、时素都非常具体,讲诉"我"和父亲、姐姐的关系:

> 这个冬天雪还不下

站在路上眼睛不眨

我的心跳还很温柔

你该表扬我说今天还很听话

我的衣服有些大了

你说我看起来挺嘎

我知道我站在人群里　挺傻

我的爹他总在喝酒是个混球

在死之前他不会再伤心不再动拳头

他坐在楼梯上面已经苍老　已不是对手

噢　姐姐　我想回家　牵着我的手　我有些困了
噢　姐姐　我想回家　牵着我的手　你不要害怕

强叙事歌应当属于叙事歌,实际上也是当代歌曲"叙述转向"的中坚力量。歌的两种基本方式,本有不同的传播交流功能,能够混合两者,效果一般比较好。这一点对我们后面的讨论至关重要,先记于此。关于强叙述歌,我们还可以举出很多例子,韩红的这首《天亮了》(韩红词曲兼演唱)写的是一个有过相关报道的真实的故事①:

那是一个秋天　风儿那么缠绵

---

① 据当时报道,广西的一个旅行团在贵州游玩时,坐缆车发生了事故,很多人遇难,当时活下来的几乎全是孩子。其中有一对夫妇,带着年幼的儿子,当缆车从高空坠落的时候,夫妻本能地把孩子托起,结果夫妻双双遇难,孩子却只是受了点轻伤。韩红听到这个故事后,写了这首歌,并在第二年的315晚会上演唱,引起轰动。

让我想起他们那双无助的眼
就在那美丽风景相伴的地方
我听到一声巨响震彻山谷
就是那个秋天再看不到爸爸的脸
他用他的双肩托起我重生的起点

歌曲叙述了一个完整的故事,尽管细节并不明确,但明显的这是一首在危难时刻,父亲用生命挽救自己孩子的感人故事。歌曲中"用他的双肩托起我重生的起点",在这里并不是一种抒情式的比喻,而是具体情节的一部分。一旦歌曲的词句脱离一般化,歌中的"三素"就有了特殊而具体的含义。此类歌曲还有周云蓬作词作曲的《中国孩子》,不同的是,这首歌写出了一系列灾难事件中孩子的不幸遭遇,抨击了一些丑陋的现实。

也有不少强叙事的歌曲,歌词中并没有比较完整的故事,而是由歌题、歌序(歌前面的朗诵说明)来加强叙述性。比如陈雷、陈哲作词,解承强作曲,朱哲琴演唱的《一个真实的故事》,歌题已表明这是要叙述一个关于殉职的青年女驯鹤师徐秀娟的故事,虽然正歌歌词中人素并不具体,没有点出名字,但在朗诵词中,已经说得相当清楚。

这类歌曲有点类似于某些宋词。宋词研究专家张海鸥曾指出:"早期的词调有许多又是词题,具有点题叙事性;词题的主要功能是引导叙事;词序是词题的扩展,是对词题引导叙事的延展,又是对正文之本事、创作体例、方法等问题的说明或铺垫;词正文的叙事与其他叙事文体不同,其特点是片断的、细节的、跳跃的、留白的、诗意的、自叙的。"他的观点是:"词不可能无事,即便是以写景、抒情为主的词,也存在着叙事因素。"按照这种理解,歌题中加入叙述是可以成立的。

弱叙事歌，与强叙事歌对应的，是弱叙事歌。这种叙事歌最难辨别，因为其中的叙事性很容易被忽视，往往被认为是抒情歌，这也是有道理的。弱叙事歌可以从三个方面辨别：其一，"三素"一般化，没有特别的指称对象，故事没有特殊性；其二，叙述的事本身不清楚，歌曲内没有情节；其三，大部分篇幅是非叙述句段。

这样的歌，往往听起来有一点叙事的味道，有一点若有似无的故事，似乎叙述部分只是一个借口，或是一个"借物起兴"之法，与后文关联不大。我们可以以马金星作词、刘诗召作曲的《军港之夜》为例：

> 军港的夜啊静悄悄
> 海浪把战舰轻轻地摇
> 年轻的水兵头枕着波涛
> 睡梦中露出甜美的微笑
> 海风你轻轻地吹
> 海浪你轻轻地摇
> 远航的水兵多么辛劳
> 回到了祖国母亲的怀抱
> 让我们的水兵好好睡觉

这是20世纪80年代初的一首歌曲，最早由军旅歌手苏小明演唱。歌曲一开头就列出了地素（军港），时素（夜），人素（年轻的水兵）；写出了故事情节（年轻的水兵头枕着波涛，睡梦中幸福地微笑）。细数这些叙述句段，占的篇幅却极少，是明显的弱叙事歌曲，但在当时这点儿叙述性已经显得特别。这首歌在当时的一些重要报纸杂志上(包括《解放军歌曲》《人民音乐》)受到批评。仔细审视,那些所谓对军人不健康情感的指责,恰好源于歌中的生动且富于人性的情节叙述。

在此后的年代中,这类弱叙述几乎成了歌曲的常态,在数量上和强叙述歌曲平分秋色。可以随手举出很多例子:《十年》(林夕作词,陈小霞作曲,陈奕迅原唱)、《香水有毒》(陈超词曲、胡杨林原唱)、《十七岁》(刘德华、徐继宗作词,徐继宗作曲,刘德华原唱)、《我也很想他》(彭学斌词曲,孙燕姿原唱)、《绝望的生鱼片》(方文山作词,任贤齐作曲兼原唱)、《改变1995》(黄舒骏词曲兼原唱)、《灰姑娘》(郑钧词曲兼原唱)、《梦醒时分》(李宗盛词曲,陈淑桦原唱)等等。这里,可以稍微长段地引征唐磊作词作曲的《丁香花》为例:

> 你说你最爱丁香花　因为你的名字就是她
> 多么忧郁的花　多愁善感的人啊
> 当花儿枯萎的时候　当画面定格的时候
> 多么娇嫩的花　却躲不过风吹雨打
> 飘啊摇啊的一生　多少美丽编织的梦啊
> 就这样匆匆你走了　留给我一生牵挂
> 那坟前开满鲜花　是你多么渴望的美啊
> 你看啊漫山遍野　你还觉得孤单吗
> 你听啊有人在唱　那首你最爱的歌谣啊
> 尘世间多少繁芜　从此不必再牵挂

据说这源于词曲作者及原唱者唐磊本人亲身经历过的一场网恋。如果不找作者本人考证一番,歌众无法弄清事实。但不管有没有此真实故事,也不管真实故事如何凄切动人,我们都依然感觉到故事只是歌曲的一个背景,叙事句段不占主导,因此,这是一首弱叙事歌。

有一类歌曲比较特殊,它们常常带有所谓的"伴随文本"支持,与一个文化、历史的文本网络相连接,转化成特殊的"三素"。比如乔羽作词的古典女性人物系列《孟丽君》(刘文金作曲,李谷一原唱)、《秦可卿》(之一、之二)(高如星作曲,吴雁泽原唱)、《貂蝉》(王佑贵作曲)等。这些歌中人物都是人们熟悉的历史或小说中人物,也就是说,这些歌曲文本都有"前文本"的支持,歌曲的叙述性会由此明显增强,因为历史被卷入了这些歌。

另外,载体语境(即歌作为电影电视插曲)作为另一种"伴随文本",也起着强化叙事的作用。比如脱离语境而流传的歌曲(即歌剧、戏剧、电影、电视剧的插曲、主题歌),哪怕没有明显的叙述句段,也让人感到有叙述性。例如电影《杜十娘》的插曲《笼儿不是鸟的家》(乔羽作词,朱逢博原唱);电视剧《孝庄秘史》中的主题曲《你》(陈涛作词,张宏光作曲,屠洪刚原唱)等等。我们可举王健作词、谷建芬作曲的电影《三国演义》的主题歌《历史的天空》:

  暗淡了刀光剑影 远去了鼓角铮鸣
  眼前飞扬着一个个鲜活的面容
  湮没了黄尘古道 荒芜了烽火边城
  岁月啊你带不走 那一串串熟悉的姓名
  兴亡谁人定啊 盛衰岂无凭啊

此歌的叙述段落较少,只有微弱的叙述因素,但许多了解这部电影的歌众,都明白这种气势磅礴的历史抒情是在讲述三国里的各种人物的命运和气概。语境载体作为伴随文本的作用不可忽视。即使在绝对抒情的歌中,也会铭刻着"故事"的影子。比如20世纪80年代初的电视剧《蹉跎岁月》的由叶辛作词、黄准作曲、关牧村演唱的主题曲《一支难忘的歌》:

> 青春的岁月像条河
> 岁月的河啊　汇成歌　汇成歌　汇成歌
> 一支歌　一支深情的歌
> 一支拨动着人们心弦的歌
> 一支歌　一支深情的歌
> 幸福和欢乐是那么多

重唱的每段歌曲,在关键词上都有变化:"深情"改成"沉着",改成"难忘"。整首歌完全是抒情句段,但因为有电视语境的支撑,歌众容易明白其中的故事。21世纪初的电影《夜宴》中,范学宜作词、谭盾作曲、张靓颖演唱的主题歌《我用所有报答爱》,换了一个视角,似乎在评论,也似乎在讲述电影的故事,尽管歌本身全是抒情句段:

> 只为一支歌　血染红寂寞
> 只为一场梦　摔碎了山河
> 只为一颗心　爱到分离才相遇
> 只为一滴泪　模糊了恩仇
> 我用所有报答爱　你却不　不回来
> 岁月　从此一刀两段
> 永不见风雨　风雨　风雨

歌曲含义的起承转合，似乎也应了电影的主要情节和结局。方文山作词、周杰伦作曲并演唱的《菊花台》，因为是电影《满城尽带黄金甲》的片尾曲，歌曲即便没有明显的叙述，但有电影故事作背景，而自动补入了歌曲中"三素"的特殊性，歌中的"你"，就和电影中指称的主人公的经历结合在一起，实际上形成了歌曲的"双语境"叙述效果：

> 你的泪光柔弱中带伤
> 惨白的月儿弯弯勾住过往
> 夜太漫长凝结成了霜
> 是谁在阁楼上冰冷地绝望
> 雨轻轻弹朱红色的窗
> 我一生在纸上被风吹乱
> 梦在远方化成一缕香
> 随风飘散你的模样
> 菊花残满地伤　你的笑容已泛黄
> 花落人断肠　我心事静静淌
> 北风乱夜未央　你的影子剪不断
> 徒留我孤单在湖面成双

"你"出现在歌中时，歌行就是在说电影主人公的悲剧经历。实际上，电影主题曲或插曲可以有意脱离叙述，用纯抒情铺垫电影中环环紧扣的故事叙述。当代电影的创作团队，都明白歌曲的这种对比机制，观众的理解会自然和电影情节相联系。

纯抒情歌，然而，这种当代中国歌曲的大规模叙述转向，并不意味着纯抒情歌不存在了。实际上没有任何叙述的纯抒情歌曲依然大量存在,只不过比过去少多了。2008 年北京奥运会主题歌《我和你》(陈其钢作词作曲,刘欢、莎拉布莱曼原唱),就是一首纯抒情歌曲:

> 我和你　心连心　同住地球村
> 为梦想　千里行　相会在北京
> 来吧　朋友　伸出你的手
> 我和你　心连心　永远一家人

再例如乔羽作词、张丕基作曲,被同名电视节目作为主题歌的《夕阳红》(佟铁鑫原唱):

> 最美不过夕阳红　温馨又从容
> 夕阳是晚开的花　夕阳是陈年的酒
> 夕阳是迟到的爱　夕阳是未了的情
> 多少情爱　化作一片夕阳红

而由娃娃作词、陈衍利作曲的《光的楼梯》(陈淑桦原唱),也是用一组比喻做排比的抒情歌曲:

> 你的爱　是音乐　是早晨听的德布西
> 是咖啡的香　和糖的甜蜜
> 是黄昏时让我想念的气息
> 你的爱　是一道光　是通往未来的楼梯
> 是曲折的路　也充满乐趣
> 让我在孤独时爬上去躲避

这种纯抒情歌曲,几乎没有任何叙事的句段,但也不会是直抒胸臆,而是反复用各种比喻排比来说明或形容某种感情。比直接表白更富于诗意,但显然也难于创新;因为歌曲所用的比喻不能太复杂,很难像现代诗一样,通过深奥的、非常个人化的隐喻来意指情感世界,因此比较容易落入模式化的情感表达。

从叙事强弱对歌曲重新进行分类,我们可以说,纯叙事歌、强叙事歌、弱叙事歌与纯抒情歌之间,叙事段落和叙事因素在逐渐减弱。正如本讲一开始所述,任何歌曲都无法脱离叙事和抒情两种成分,任何民族、时代的歌曲都是如此。可以说中国歌曲缺乏史诗传统,但这并不等于说中国歌曲缺乏叙述传统,文学史家在《诗经》中找到的"纯抒情"传统,实际上是低估了其中的大量叙事,尤其是《国风》民歌中的大量叙事。

比起传统中国歌曲,中国当代歌曲中的叙事成分极大地增加了。在当代歌曲中,这两种构成成分的比例发生了重大改变,叙事成分逐渐占主导地位,从而带来了当代歌曲风格上的重要变化,即"叙述转向"。

歌曲赏析与延伸思考

《蓝雨衣》(Famous Blue Raincoat),由加拿大民谣歌手、诗人、先锋作家莱昂纳德·科恩(Leonard Cohen)作词作曲并演唱,2008年,75岁科恩获得了第52届格莱美终身成就奖。这首用书信体娓娓道来的故事,视角独特,讲述的是一个男人对自己情敌的同情和原谅。

It's four in the morning, the end of December
I'm writing you now just to see if you're better

New York is cold, but I like where I'm living

There's music on Clinton Street all through the evening.

I hear that you're building your little house deep in the desert

You're living for nothing now,

I hope you're keeping some kind of record.

Yes, and Jane came by with a lock of your hair

She said that you gave it to her

That night that you planned to go clear

Did you ever go clear?

Ah, the last time we saw you you looked so much older

Your famous blue raincoat was torn at the shoulder

You'd been to the station to meet every train

And you came home without Lili Marlene

And you treated my woman to a flake of your life

And when she came back she was nobody's wife.

Well I see you there with the rose in your teeth

One more thin gypsy thief

Well I see Jane's awake

She sends her regards.

And what can I tell you my brother, my killer

What can I possibly say? I guess that I miss you,

I guess I forgive you I'm glad you stood in my way.

If you ever come by here, for Jane or for me

Your enemy is sleeping, and his woman is free.

Yes, and thanks, for the trouble you took from her eyes

I thought it was there for good so I never tried.

And Jane came by with a lock of your hair
She said that you gave it to her
That night that you planned to go clear
sincerely, L. Cohen

第十讲　歌词的性别性

以文本性别身份作为歌曲类别划分依据,歌曲可分为:男歌、女歌、男女间歌、跨性别歌及无性别歌。

一　男歌

男歌是指歌曲文本性别身份为男性的歌,也就是说,这些歌适合男性演唱,通常也设计由男性歌手唱出,并意图让男性歌众传唱。按歌曲中的性别标记和文化标记,男歌可以分为显形男歌和隐形男歌。

显形男歌　显形男歌即从歌曲的歌题上就能明显地判别出男性文本身份的歌曲。这些歌曲多为专门鼓励、培养男性的精神和品格的励志歌。例如这首黄霑作词作曲的《男儿当自强》(林子祥原唱),歌文本中,就是用"我是男儿"来呼唤男性歌众要有傲气、胆量、理想、能量、热血心肠:

　　傲气面对万重浪
　　热血像那红日光
　　胆似铁打骨如精钢
　　胸襟百千丈眼光万里长

我发奋图强做好汉

做个好汉子每天要自强

热血男儿汉比太阳更光

让海天为我聚能量　去开天辟地

为我理想去闯

中国励志歌的传统历来已久，中国近代音乐史上第一首学堂乐歌就是励志歌，名为《体操歌》，也叫《男儿第一志气高》，由沈心工作于1902年："男儿第一志气高，年纪不妨小。哥哥弟弟手相招，来做兵队操。兵官拿着指挥刀，小兵放枪炮。龙旗一面飘飘，铜鼓咚咚咚咚敲。一操再操日日操，操到身体好。将来打仗立功劳，男儿志气高。"励志歌和中国早期的富国强民教育思想相连，早期的励志歌也是作为教育的一部分被接受。应该说的是，20世纪初期，中国女性还未真正解放，还没有和男性一样参与社会活动，承担社会责任的多为男性，所以大多励志歌、爱国歌，以及后来的很多革命歌曲，都不知不觉偏向男歌文本性别身份①。后来，沈心工又用莫扎特的曲调填词编写了《女子体操》歌，给男学生的体操歌却不称作《男子体操》歌。女性的励志歌，是专门针对女性的

---

① 1907年，"身不得男儿列，心却比男儿烈"的秋瑾也写过一首励志歌《勉女权》："我辈爱自由，勉励自由一杯酒。男女平权天赋就，岂甘居牛后。愿奋然自拔，一洗从前羞耻垢。若安作同俦，恢复江山劳素手。旧习最堪羞，女子竟同牛马偶。曙光新放文明候，独立占头筹。愿奴隶根除，智识学问历练就。责任上肩头，国民女杰期无负。"1904年，挣脱传统束缚的秋瑾，留学到日本，加入同盟会。两年后，回到上海创办《中国女报》，这份宣传妇女解放的报纸只办了两期，就被清政府停刊。《勉女权》就刊登在此报的第2期，歌曲中第一次提到了男女平权天赋。这应该说是第一首真正意义上的女性励志歌。

励志歌,不像男性励志歌似乎是针对所有人的。

人类社会的发展,使男性成为"非标出的正常项"[①],但性别文化传统的作用力依然强大,男性的成长过程也会不知不觉地去迎合这种传统对男性的期待,这在歌曲中表现得很明显。比如郑智化作词作曲并演唱的《水手》,唱的就是这样一种感受:

>年少的我喜欢一个人在海边
>卷起裤管光着脚丫踩在沙滩上
>总是幻想海洋的尽头有另一个世界
>总是以为勇敢的水手是真正的男儿
>总是一副弱不禁风孬种的样子
>在受人欺负的时候总是听见水手说
>他说风雨中这点痛算什么
>擦干泪不要怕至少我们还有梦

每个时代都需要励志歌,每个时代也有不同的励志歌,这和社会文化的发展密切相关。但最明显的变化是,男性励志歌趋向于无性别歌。2004年周杰伦演唱的表达梦想和努力的《蜗牛》[②](周杰伦作词作曲,许茹芸原唱),就是一首无性别歌,它被上海市教育局选入学校课本。

[①] 关于正常项为"非标出项"的讨论,见赵毅衡:《符号学》,南京大学出版社,2012年,第186页。
[②] 此歌曲为:"该不该搁下重重的壳,寻找到底哪里有蓝天,随着轻轻的风轻轻的飘,历经的伤都不感觉疼。我要一步一步往上爬,等待阳光静静看着它的脸,小小的天有大大的梦想,重重的壳挂着轻轻的仰望,我要一步一步往上爬,在最高点乘着叶片往前飞,让风吹干流过的泪和汗,总有一天我有属于我的天。"

显形的男歌情歌,从歌题文字上就可以判断,像《老婆老婆我爱你》(火风作词作曲并原唱)、《你把我的女人带走》(温兆伦/王学真作词,温兆伦作曲,温兆伦演唱)、《我爱的女人变了心》(郑东/郑源作词,郑源作曲,郑源原唱)、《为我的女人唱首歌》(钟云飞作词作曲并原唱),这些歌曲中比较明显的是男性对女性的抒说。比如这首冯晓泉作曲、陈涛作词、屠洪刚原唱的《霸王别姬》,以"男子英雄气概"为骄傲:

  我站在烈烈风中
  恨不能荡尽绵绵心痛
  望苍天　四方云动
  剑在手　问天下谁是英雄
  人世间有百媚千红
  我独爱爱你那一种
  伤心处别时路有谁不同
  多少年恩爱匆匆葬送

李念和作词、潘玮柏/梁永泰作曲的《全面通缉》(潘玮柏原唱),实际上是一首情歌,但从歌题上看就有几分男性的好斗霸气,加上歌中的"头号刺客"形象,以及表现出来的进攻、必胜、占有的气质,让这个情歌文本显出过于夸张的男性身份。

  解码你每个动作
  拦截你讯息电流
  说说说说你爱我
  这程式锁定启动

我正成为下一代传说

头号刺客的行动　全面通缉的我

精准的　伺机而出

把爱　射入　你的脑波

爱的刺客行动

我绝不会失手

可以说像《全面通缉》这种一往无前、不顾对方反应、过于自信甚至野蛮的表达爱情的方式，除了给男歌文本身份贴上显著的性别标志外，还在歌中构筑起一种交流式的情感召唤。女性对此种"男子汉气概"难以认同，这类歌与其说是为了引起对方的回应，不如说是为了男性的自我鼓励、自我肯定。

隐形男歌　大部分可以判定为"男歌"的歌曲，其文本性别身份很少能从歌曲文字中对自我外貌特征的描写上识别出来，相反会借言说中人物的性别气质，反推出言说主体的男性性别。这种男歌属于隐形男歌。比如这首陈涛作词、张宏光作曲、屠洪刚原唱的《你》：

你从天而降的你

落在我的马背上

如玉的模样清水般的目光

一丝浅笑让我心发烫

我没有那种力量

想忘也总不能忘

只等到漆黑夜晚

梦一回那曾经心爱的姑娘

歌曲的一开始接受主体"你",用的是"如玉的模样清水般的目光"来描述,明显的女性特征词句,已经清楚地表明了言说对象的女性身份,这样言说主体"我"的性别也就对应而出,这首歌曲的文本性别身份随之确定。但歌曲中明显的性别指称要到结束时"梦一回那曾经心爱的姑娘"才点明。

同样,王力宏/易家扬作词、王力宏作曲兼原唱的《心跳》,也是依据言说对象的女性气质,识别出歌唱主体的男歌性别身份。

> 但身不由己出现在胸口
> 两颗心能塞几个问号
> 爱让我们流多少眼泪
> 你的眼神充满美丽带走我的心跳
> 你的温柔如此靠近带走我的心跳

整首歌既没有男性气质的展现,也没有明显的性别指称,但在最后接受主体"你"被加上女性形容词,如"美丽""温柔",这些典型的女性气质标记一出现,便很容易识别出此歌的文本性别身份为男性。

与上面分析的歌有些不同,陈超作词作曲、王启文原唱的《传奇》,并不是一眼就能识别出它的文本性别身份的,文本通过层层叙述,巧妙地表现出叙述主体的男性气质,仔细辨别才会识出它的男歌文本性别身份。

> 要为你写个剧本
> 名字叫美丽的传奇
> 感谢上天让我遇见你

我找的他一定是你
穿过这片黑森林
就能找到深爱的水晶鱼
黑暗的敌意　厮杀的痕迹
空气中传来你呼唤我的低音
带着你飞呀飞呀飞
飞过伤心海　飞呀飞呀飞
别怕我还在
我就是那个骑着白马的人
拖着流星捎去我的心
用他融化你冰封的心灵
我会带着你踏出深海地狱

虽然歌曲中"骑着着白马"的人没有特指为男性,但"白马王子"之文化习语,以及歌曲中营造的战场气息,已经很明显地表现出这是一首男歌。比如,"我要带着你飞","我会带着你踏出深海地狱",男性保护女性,是男性气质中力量的象征。

二　女歌

女歌是指歌文本性别身份是女性,适合女性演唱,经常也的确设计成由女性歌手唱出,并意图让女性歌众传唱的歌曲。

女歌同样可以分为两类。一类是文本性别身份显形,一类是文本性别身份隐形。显形女歌,通常是指歌曲中有明显的女性性别指代、名词称呼,而且措辞风格具有女性气质,要求由女性演唱;隐形女歌,通常指歌曲中没有明显的女性性别指代称呼,但内容上风格上具有女性气质,适合女性演唱的歌曲。

显性女歌 显性女歌,往往从标题上就能分辨出它的文本性别身份。例如,《我不是随便的花朵》(姜昕作词,虞洋作曲,姜昕原唱),《我不是你最爱的女人》(胡力作词作曲,李慧珍原唱),《女人的情歌》(雷青/金放作词,郑添龙作曲),《下辈子做你的女人》(白尘作词,栗子作曲,龙梅子原唱)等等,这些歌通常在文本中有明显的性别标记。这首《女人的情歌》,从歌题到内容都适合女性歌唱,是典型的显性女歌:

　　女人的情歌不需要谁来安慰
　　寂寞无所谓
　　再遇见你我依然那么绝对
　　宁愿再次心碎也会选择勇敢面对

　　由施人诚作词、玉城千春作曲、刘若英原唱的《后来》,虽然歌题上没有性别身份标记,但歌曲文辞中出现了明确的"女性语汇",以及歌唱主体"我"的女性形象描绘,用"花""裙"这类意象,已经从语义标出一个女性"我"。

　　栀子花白花瓣
　　落在我蓝色百褶裙上
　　爱你你轻声说
　　我低下头闻见一阵芬芳
　　那个永恒的夜晚

　　这类明显带有女性文本性别标记的歌,强烈体现出女性自我身份确认的需要。

隐形女歌 隐形女歌的文本性别身份就要稍微复杂一些,它们呈现的往往是文化规约性别,如陈镇川作词、陈浩然作曲的《看我72变》(蔡依林原唱):

> 让鼻子再高一点 空气才新鲜
> 再见单眼皮再见 腰围再小一点
> 努力战胜一切 缺点变成焦点

虽然歌曲中并没有出现性别代词,但歌曲中"腰围再小一点"是当代文化中的女性"关注"焦点,哪怕这首歌的确是男性词作者与作曲家创作的,这种"女性意识"也决定了此歌的文本性别身份。实际上,自古以来,男性词作者写女歌时,会更有意识地强调女性的性别规定性,用以擦掉创作过程中的性别替代痕迹。

同样,李安修作词、陈耀川作曲、梅艳芳原唱的《女人花》,歌题和文化规约性,就决定了女歌性别身份。正如苏珊·鲍尔多指出:"不论喜欢与否,在当前的文化中,我们的活动是被编码为男性或女性的,而且在性属/权力关系的主导体系中将会以这种方式运作。"[①]"花"喻"女人","采"与"摘"隐喻男性对女性的拥有,是自古就有的文化隐喻。

> 我有花一朵 种在我心中 含苞待放意幽幽
> 朝朝与暮暮 我切切地等候 有心的人来入梦

---

① 苏珊·鲍尔多:《不能承受之重——女性主义、西方文化与身体》,綦亮、赵育春译,江苏人民出版社,2009年,第276页。

张浅潜作词作曲并原唱的《另一种情感》,则是将歌曲与文化正统中的"男性气质"相对比,从反面标明女歌身份:

> 昨晚你怎么来到我的梦里面
> 相对无语陌生又安全
> 我想赋予你英雄的气概
> 可它会在哪儿为我真实的存在

歌曲似乎很中性,但一句"我想赋予你英雄的气概",明显加重了抒情对象的男性身份标志。性别文化规约有时候非常隐秘,它不仅和女性气质相关,也和女性的文化及社会角色等有关。一个歌曲文本性别会不自觉地携带上社会对性别身份的处理方式,这些虽不一定是词作者有意为之,但会影响一首歌的文本性别身份的定位。比如这首武雄作词、张朵朵作曲、王若琳原唱的《一生守候》:

> 你知道这一生　我只为你执著
> 管别人心怎么想　眼怎么看　话怎么说
> 你知道这一生　我只为你守候
> 我对你情那么深　意那么浓　爱那么多

歌曲中没有性别标志,但一再反复吟唱的"等待",从传统文化两性情爱关系的主动性上来说,显然这首歌适合女性演唱。不是说在两性关系中,男性不会等待,然而如此被动,如此痴迷,如此奉献,并转化成无怨无悔的守候,更接近几千年来性别文化中对女性的塑造和期待,而悠缓、柔弱的旋律,又加重了女性气质。

陈玲玲作词作曲的《等待花开》(孟庭苇原唱)也有这样的性别认同：

> 这世界真的会有花开的季节吗
> 为什么总是等不到蝴蝶漫飞
> 美丽而浪漫的春天是否该来了
> 我已等了好久
> 花开的时候真的就会快乐吗
> 会不会只是一个美丽的传说
> 我用一辈子的时间来等够不够

"等待花开"，是男性、女性都可以有的一种情感。确实，在歌曲的前半部分，我们无法判断文本性别身份，但在歌曲的后半段，言说主体展开的一连串对"花开"的时间、"花开"的美丽，甚至"花开"的快乐的疑问，显然更符合一个花季少女的情感世界：几分憧憬，几分疑虑。因为性别文化的隐秘性，所以虽然这首看似是可以跨性别演唱的歌曲文本，但其实社会性别文化程式已经给它确定了性别身份。就流行歌曲来说，这类歌曲占很大的比例。比如另一首罗大佑作词作曲的《野百合也有春天》(潘越云原唱)：

> 仿佛如同一场梦
> 我们如此短暂的相逢
> 你像一阵春风轻轻柔柔吹入我心中
> 而今何处是你往日的笑容
> 记忆中那样熟悉的笑容
> 你可知道我爱你想你念你怨你深情永不变

> 难道你不曾回头想想昨日的誓言
> 就算你留恋开放在水中娇艳的水仙
> 别忘了寂寞的山谷的角落里野百合也有春天

这首歌并没有明显的性别身份特征,但歌文本中所采用的意象有着明显的性别色彩,"水中娇艳的水仙",与寂寞山谷里的"野百合",这种比喻,在性别文化中通常和女性相连。加上歌中传达的是传统爱情中"喜新厌旧"的被弃与哀怨,所以此歌尽管作词曲的是男性,但却与女性歌众的怨妇情感很契合。

从以上女歌和男歌的这几种代表性的表现形态,我们明显可以看出女歌和男歌不同的文本性别身份特点。这是歌曲文本特有的性别身份特征,其他艺术体裁文本(小说、绘画、电影甚至诗歌等)很少有的。

三　男女间歌

男女间歌,指男女对唱的歌曲,也就是在一首歌中,一部分是男歌,一部分是女歌。这种歌曲在形式上就已经实现了男女性别呼应。通常,一般的歌只是或显或隐地用一种性别身份去召唤另一种性别身份,应答的性别人格是隐藏在歌背后的对话者,是歌曲潜在的意义延伸及实践。而男女间歌,呼与应不仅是立即有应,而且是现场反呼,互应互答。

男女间歌,常常预设了性别角色。比如这首一直流传的《敖包相会》(玛拉沁夫作词,通福作曲,李世荣原唱):

> (男)十五的月亮升上了天空哪

为什么旁边没有云彩

　　我等待着美丽的姑娘呀

　　你为什么还不到来哟嗬

（女）如果没有天上的雨水呀

　　海棠花儿不会自己开

　　只要哥哥你耐心地等待哟

　　你心上的人儿就会跑过来哟嗬

"月亮"旁边必须有"云彩"来相伴，这种带性别特征的比喻思维，自然让歌中的男主人公有了一个期待；同样，只有"雨水"浇灌，海棠花才会盛开，女性对男性的期待，自然也是一种带性别特征的等待。所以，对"哥哥"的要求是一种女性式的爱情考验。

另一首流传广泛的四川民歌《康定情歌》中，也有鲜明的性别角色相互约定：

（男）李家溜溜的大姐　人才溜溜的好哟

（女）张家溜溜的大哥　看上溜溜的她

（男）一来溜溜的看上　人才溜溜的好哟

（女）二来溜溜的看上　会当溜溜的家哟

（合）月儿弯弯弯弯　会当溜溜的家哟

尽管歌中唱出了世间男女美好的乌托邦式的恋爱，"世间溜溜的女子任你溜溜的爱哟，世间溜溜的男子任你溜溜的求哟"，但"人才（相貌）好""会当家"，还是这类传统情歌中传递的选择妻子的重要标准。不只是民歌中有着鲜明的角色定位，当代情歌中也暗含这种性别角色定位，例如付笛声、甲丁作词，付笛声作曲并与任静原唱的《知心爱人》：

>（男）不管是现在　（女）还是在遥远的未来
>（合）我们彼此都保护好今天的爱，不管风雨再不再来
>（女）从此不再受伤害　（男）我的梦不在徘徊
>（合）我们彼此都保存着那份爱，不管风雨再不再来

在这首男歌和女歌文本中，同样也遵循着传统性别文化的角色规约：女人是男人的保护对象，男人是阻挡风雨给予温暖的人，女人是被保护的对象。

男女间歌作为男女对唱的歌曲形式，在其表意过程中，歌曲的"性别性"会不自觉地迎合歌曲性别的演唱角色，从而加重性别文化程式中已经定型化的性别角色。

男女间歌中的性别呼应　由丁晓雯作词、梁济文和梁雁翎演唱的《慢慢地陪着你走》，有一种对话式的呼应，情感在互动中慢慢展开：

>（男）面对你有点害羞　爱的话不要急着说
>（女）让我想清楚　再多些把握　等等我
>（男）轻轻地牵我的手　眼里有满满的温柔
>（女）暖暖的感觉　默默地交流　不要太快许下承诺
>（男）慢慢地陪着你走
>（合）慢慢地知道结果

在这过程中，男女性别意识也慢慢出现。男歌中"爱的话不要着急说出来"，暗示了男性在爱情关系中，通常是最会轻易表达、最

会许下诺言的,而女歌中"不要太快许下承诺",同样也暗示了,在爱情关系中,女性应该多等待,不要积极主动。尤其在最后,是女性的请求"每一天爱我更多　直到天长地久",这是女性的期盼,同时也是性别关系中,男性最不容易做到的。因此,即使在同一首男女间歌中,不同的性别表达和期待,也一样会在不同的句段中得到明确的表现。

李宗盛作词作曲的《明明白白我的心》(成龙和陈淑桦原唱),结构上是一种问答式的呼应:

> (女)星光灿烂风儿轻
> 　　最是寂寞女儿心
> 　　告别旧日恋情
> 　　把那创伤抚平
> 　　不再流泪到天明
> (男)我明明白白你的心
> 　　渴望一份真感情
> (女)我曾经为爱伤透了心
> 　　为什么甜蜜的梦容易醒

女歌中是一个"为爱伤透了心"的弱者形象,有着想不明白的问题,男歌中送出的答案,不是语言,而是行动,性别文化定式中男性的主动、保护的一面马上表现了出来。

当代青年男女的爱情,似乎逐渐脱掉了沉重的"天长地久",而表现出更感性、更娱乐的成分。比如这一首男女间歌《爱的华尔兹》(俞灏明、郑爽原唱):

（女）踮起脚尖，提起裙边
　　让我的手轻轻搭在你的肩
（男）舞步翩翩，呼吸浅浅
　　爱的华尔兹多甜
（女）一步一步向你靠近
（男）一圈一圈贴我的心
（合）就像夜空舞蹈的流星
（女）一步一步抱我更紧
（男）一圈一圈更确定
（合）要陪你旋转不停

尽管在华尔兹规定的身体姿势和舞步上，要维持一个平衡，应该是没有中心的旋转，但歌中依然可以看到女性的"一步步靠近"，一圈圈贴到男的心，圆心还是在不经意中被划了出来。与其他文本性别身份歌曲不同的是，男女间歌多了一种舞台"表演"性。歌文本在两种不同的性别声音的呼应中展开，歌众更像是一个外在的观看者、倾听者，通过观摩而得到一次情感认知。

四　跨性别歌与无性别歌

跨性别歌是指一首歌可以被男性唱，也可以被女性唱，不仅表演的歌手可男可女，而且传唱者也不分性别，歌唱主体与歌唱对象有清楚的性别间的对应，但在歌唱实践中性别可以调换。一般来说，这类歌曲应该提供给男女歌众都有的文化思想、社会态度及情感方向。

当代词作家方文山提出了一个有趣的概念：情感公约数，"歌曲创作的一个重要因素,就是要取得情感的最大公约数,也就是大多数人会遇到的感情状况,它最常成为歌曲的内容。歌曲一旦传唱就是针对所有的人,创作的题材和内容就一定要符合大多数人的情感现状"。这样一种歌曲理想,就是要求更多的"跨性别的歌"出现。

的确,从文本性别身份上看,跨性别歌不像男歌和女歌有着显形或隐形的性别标志,跨性别的歌很难从歌题和内容上识别,但必须在两性情感关系中展开。

例如陈大力作词、陈大力和陈秀男作曲、张雨生原唱的《大海》也有这样的效果。文本中唱出的是对一段"失去的爱"的态度,虽然歌中流淌着无法抹去的悲伤,但就像经历过爱情战争后的平静一样,无论胜败,都已是不可挽回的过去。歌曲回避了男女爱情"过程"的正面冲突,用两个"如果"来表达面对往事的态度以及期望。尽管此歌的原唱、男歌手张雨生的声音给人印象深刻,但歌曲文本传递的情感并没有明显的性别差异。

> 茫然走在海边　看那潮来潮去
> 徒劳无功想把　每朵浪花记清
> 想要说声爱你　却被吹散在风里
> 猛然回头　你在哪里
> 如果大海能够唤回曾经的爱
> 就让我用一生等待
> 如果深情往事你已不再留恋
> 就让它随风飘远
> 如果大海能够带走我的哀愁
> 就像带走每条河流

所有受过的伤　所有流过的泪
我的爱　请全部带走

男歌手王杰演唱的《一场游戏一场梦》(王文清作词作曲)，也是很多失恋的人共同的无奈和悲愤：

不要谈什么分离
我不会因为这样而哭泣
那只是昨夜的一场梦而已
不要说愿不愿意
我不会因为这样而在意
那只是昨夜的一场游戏
那只是一场游戏一场梦
虽然你影子还出现在我眼里
在我的歌声中早已没有你
那只是一场游戏一场梦

罗大佑作词作曲的《爱的箴言》，最早由邓丽君演唱，到罗大佑自己演唱时，似乎还是有一份阴柔，尽管它是一首跨性别的歌：

我将真心付给了你
将悲伤留给我自己
我将青春付给了你
将岁月留给我自己
我将生命付给了你
将孤独留给我自己

> 我将春天付给了你
> 将冬天留给我自己
> 我将你的背影留给我自己
> 却将自己给了你

上面分析的几首歌在歌文本的性别身份上,在表达的情感方式和态度上,作为男女演唱时是几乎没有性别差异的。它们是比较典型的跨性别歌曲,换句话说,无论作为歌的歌唱主体,还是接受主体,都可以性别换位。

跨性别歌曲几乎占据了流行歌曲的主要部分,因为歌必意图流行的性质要求有歌众率。跨性别的歌可以同时在男女歌众中传播流传,从而利于此歌的流行。同时,流行歌曲,尤其是情歌,更是男女情感交流的一种表意方式。性别差异造成的两性沟通,一直是歌曲中很重要的主题。比如这首姚谦作词、佟大为演唱的《我想更爱你》:

> 我短信早晚两通
> 你说我关心不够
> 内容太刻板普通
> 有比没有还是多
> 你嘟着嘴沉默
> 就像不满意什么
> 我问你也不说
> 不问了你又泪流
> 我昨天才有点搞懂你脾气
> 我今天却又败给你的情绪

我明天还是要卖力地学习
你的心你的心该如何了解疼惜
我想更爱你爱你管我行不行
你要的爱情
有什么剧情给我暗示或提醒
该怎么爱你爱你才有好回应
简单的言语　完美的默契
不用拼命去猜谜

  两性之间如何获得一种比较有效的沟通,是社会心理学要解决的问题。歌曲作为一种艺术文本,也是透析两性、敞开自己的一种情感释放手段。上面举出的这首歌,两性之间不知如何"相互取悦"的烦恼,是其基本"母题",但一旦把这种阻隔的困惑唱出来,就创造了疏通的可能,为解决这类问题开启了可能的渠道。

  事实上,男女之间的心理既有差异,也有很多相同之处。正如荣格的人格分析理论所提出的,在男性身体里存在着女性的气质,他称之为阿尼玛(Anima);而女性身体里也存在着男性的气质,他称之为阿尼姆斯(Animus)。阿尼玛和阿尼姆斯的存在,是两性相互理解的基础。因为只有两性间存在相同之处,才有进一步相互理解的基础和可能。张雨青提出:"从人格分析理论讲,两性之间沟通的一个有力的办法就是唤醒异性身体里的阿尼玛或者阿尼姆斯。阿尼玛或阿尼姆斯在人体中的含量因人而异,即使同一个人的阿尼玛或者阿尼姆斯含量在不同时期也会不同。因此,对于男性来说,改变身体中的阿尼玛含量能够改善他与女性的关系。同理,女性也是如此。"①

跨性别的歌文本,意义在于在两性沟通这方面,能唤醒异性身上的阿尼玛或阿尼姆斯,尤其对于男性来说,歌曲更是展现人格中阿尼玛的阴性品质的绝佳途径。叶嘉莹在《中国词学的现代观》里的观察相当犀利:"小词本是配合隋唐之间一种新兴音乐来演唱的流行歌曲,并没有什么深意,然而当它落到诗人文士的手里之后,在他们的潜意识之中不知不觉地达成了这种微妙的结合,形成了一种双性的人格和双性的品质。"②

比如这首杨立德作词、童安格作曲并原唱的《明天你是否依然爱我》

> 我早已经了解　追逐爱情的规则
> 虽然不能爱你　却又不知该如何
> 相信总会有一天　你一定会离去
> 但明天你是否依然爱我

爱情是生命的一部分,但很脆弱,因为爱情不是一个人的行为,爱和被爱是两种能力,况且还有很多外在因素干扰,所以,这首跨性别的歌,当男性唱出来的时候,我们能明显地感受其阿尼玛的女性的一面。在女性主义的观点中,很重要的一点是"反本质主

---

① 《男女心理为何有差异　男人"读女人心"能否实现》,http://www.chinadaily.com.cn/micro-reading/dzh/2011-04-13/content_2292063.html。

② 在文章中,叶嘉莹指出,叙述主体很难分清是男是女,词文本也就很难区分性别身份,她并举出温庭筠《河渎神》为例:"铜鼓赛神来,满庭幡盖徘徊。水村江浦过风雷,楚山如画烟开。离别橹声空萧索,玉容惆怅妆薄。青麦燕飞落落,卷帘愁对珠阁。"

义",即反对文化给予性别的刻板印象,提到男人就会想到阳刚、力量、理性,女性则是细腻、温柔、感性。事实上,男性并不总是刚强、勇往直前的,他也有阴柔甚至犹豫不决的一面。正如有学者指出的一样,"性别角色是附加于男人与女人的不同的社会地位的期待行为的总和。这些期待行为既与气质相关,也与制定给每一性别的任务相关"①。它们是人受到文化规约、生存环境等因素影响及后天发展的结果。因此,造成男女心理差异的并不完全是先天生理,后天的社会、文化给两性的规范更为重要。

当代美国学者艾森卓从荣格理论出发,进一步提出双性或性别对立性的"亚人格",是一种心理情结(psychic complexes),而不是荣格所说的原型(archetypes)。如果一旦将对立性别理解为一种从遗传、性激素和形态学的异性痕迹中派生出来的、以生物学为基础的人格成分,那么,这些原型便具有了阿尼玛和阿尼姆斯的普遍属性,男女两性的人格,无论是有意识的还是无意识的,便被预定成两大类别。在社会性的高压下,有关自我与非我之间关系的所有的微妙和未知含义,便统统被取消了。②

所以,跨性别歌曲文本,是展示一个人身上的阿尼玛或阿尼姆斯两种属性,以便提供两性沟通的一种方式。"我们应使自己习惯于这种想法:男人具有阳刚之气,女人具有阴柔之美,可每一性都兼有另一性。"③在两性交往中,最好不要刻板地理解异性,不要把异性当做是不同类的无法理解的人,应该以一颗开放的心灵去

---

① 丽莎·斯冈茨尼、约翰·斯冈茨尼:《角色变迁中的男性与女性》,浙江人民出版社,1988年,第21页。

② 波利·扬-艾森卓:《性别与欲望:不受诅咒的潘多拉》,杨广学译,中国社会科学出版社,2003年,第44—49页。

③ 让·杜歇:《第一性》,周征凌、范蓓思译,海天出版社,2001年,第6页。

体验个体的特征。正如英国作家吴尔夫指出的:"我们每个人,都受两种力量制约,一种是男性的,一种是女性的;在男性的头脑中,男人支配女人,在女性的头脑中,女人支配男人。正常和适意的存在状态是,两人情意相投,和睦地生活在一起。如果你是男人,头脑中女性一面应当发挥作用;而如果你是女性,也应与头脑中男性的一面交流。"①跨性别歌唱出的其实也是两性情感的一种共同心理基础。对女性来说,"只有在我们身上的女性特质觉醒并且进入生命之后,我们才能找到出路走出共生"②。

正如这首姚若龙作词、许华强作曲、张惠妹原唱的《解脱》,非常典型:

> 解脱是肯承认这是个错
> 我不应该还不放手
> 你有自由走
> 我有自由好好过
> 解脱是懂擦干泪看以后
> 找个新方向往前走
> 这世界辽阔
> 我总会实现一个梦

这样一首跨性别歌,当由女性唱出来的时候,我们同样可以感受到女性独立、坚强、阿尼姆斯的一面。

在性别关系上,对既男又女(androgyny)的生理身份,社会容

---

① 吴尔夫:《一间自己的房间》,贾辉丰译,人民文学出版社,2003年,第85页。
② 维雷斯·卡特斯著:《童话心理分析》,林敏雅译,三联书店,2010年,第22页。

忍度很低,实际上,这是文化对人格中阿玛尼和阿尼姆斯的强行偏执①。在歌曲文本中,各类广告、各类衣装中,甚至各种社会角色中,社会将人的性别身份强行决定了,而歌曲的文本身份却更加多变,其原因是,歌曲是人的心绪情感的表现。

五 无性别歌

无性别歌表面上看不出性别,或无特殊的性别色彩,也就是可以供任何性别的人歌唱,所唱内容并不具有针对性的性别关系。这一类歌看起来简单,实际上却很复杂,很容易和跨性别歌混淆,因为歌中也会出现"你""我"这样的人称代词,比如这首陈佳明作词作曲的《阳光总在风雨后》(许美静原唱):

> 阳光总在风雨后
> 乌云上有晴空
> 珍惜所有的感动

---

① 美国心理学家 Bem 于 1974 年发表了性别角色量表(Bem sex role inventory, BSRI),这是第一个用来测量相互独立的性别角色的测验工具。BSRI 根据被试自陈是否具有社会赞许的男性化或女性化性格特征来评价其男性化和女性化程度。这是一个 7 点量表,包括 60 个描述性格特征的形容词,男性化量表 20 个,女性化量表 20 个,中性 20 个。目前最常用的是用中位数分类法将人归于不同的性别角色组,男性化和女性化得分都很高的人划分为双性化型,得分都低的划为未分化型,在一个量表上得分高,但在另一个量表上得分低的人分别属于男性化或女性化两种类型。目前研究最多的是双性化和心理健康的关系,大部分研究都认为双性化的个体具有较高的自尊、较少的心理疾病、较好的社会适应能力,而且双性化的人比其他类型的人更受欢迎。

> 每一份希望在你手中
> 阳光总在风雨后
> 请相信有彩虹
> 风风雨雨都接受
> 我一直会在你的左右

这类励志歌曲,往往在"你""我"之间没有性别区分。这是无性别歌与跨性别歌最重要的区别。此类歌曲旨在建构一种理想和信念,歌曲上体现出一种积极的性别平等的追求。再比如下面这首由陈哲等作词、郭峰作曲的《让世界充满爱》也是如此:

> 轻轻地捧着你的脸
> 为你把眼泪擦干
> 这颗心永远属于你
> 告诉我不再孤单
> 深深地凝望你的眼
> 不需要更多的语言
> 紧紧地握住你的手
> 这温暖依旧未改变
> 我们同欢乐　我们同忍受
> 我们怀着同样的期待
> 我们同风雨　我们共追求
> 我们珍存同一样的爱

尽管歌曲中多次重复"我""你",但这种"我与你"的差异,并不是指向具体的个人,"你"与"我"之间在性别上并不构成相互对立或相互构造的关系,因为此歌的意愿在于超越个体差异,追求"我们"的理想。

再比如摇滚歌手汪峰作词作曲并演唱的歌曲《飞得更高》,展现了"飞"的欲望,一种超越现实的精神,就像列维-施特劳斯描述的"并不是作为实际行为的记忆,而是对于扰乱秩序、反秩序的向往"①,它是人类共同的理想:

> 生命就像　一条大河
> 时而宁静　时而疯狂
> 现实就像　一把枷锁
> 把我捆住　无法挣脱
> 这谜样的生活锋利如刀
> 一次次将我重伤
> 我知道我要的那种幸福
> 就在那片更高的天空
> 我要飞得更高　飞得更高
> 狂风一样舞蹈　挣脱怀抱

黄小茂作词、薛瑞光作曲、满文军演唱的《懂你》,原是1994年一部歌颂母爱的电影《九香》中的插曲:

> 你静静的离去
> 一步一步孤独的背影

---

① Claude Levi-Strauss, *The Elementary Structure of Kinship*, Boston: Beacon Press, 1969, p.491.

多想伴着你

告诉你我心里多么的爱你

花静静的绽放

在我忽然想你的夜里

多想告诉你

其实你一直都是我的奇迹

一年一年　风霜遮盖了笑颜

你寂寞的心有谁还能够体会

是不是春花秋月无情

春去秋来　你的爱已无声

把爱全给了我

把世界给了我

从此不知你心中苦与乐

多想靠近你

告诉你我其实一直都懂你

对熟悉这部电影的歌众来说，传唱这首歌时，这个"你"会带有"母亲"印记，但整首歌并没有任何性别色彩，是一首感恩之歌。

在所有的歌曲中，无性别歌曲中"我"和"你"在歌中的指称性最弱，实际上背后隐现的是一个共同的"我们"这样一个主体。最典型的无性别歌文本是直接以"我们"作为叙述主体的，通常此类歌的发出主体与接受主体具有"全民性"；既然以全体人民为表意对象，文本就不应该有性别性。比如，罗大佑作词作曲的《明天会更好》：

轻轻敲醒沉睡的心灵

慢慢张开你的眼睛

看看忙碌的世界

是否依然孤独的转个不停

春风不解风情

吹动少年的心

让昨日脸上的泪痕

随记忆风干了

唱出你的热情

伸出你的双手

让我拥抱着你的梦

让我拥有你真心的面孔

让我们的笑容　充满着青春的骄傲

为明天献出虔诚的祈祷

另外还有由男女歌手刘欢和韦唯一起演唱的《我们亚洲》(第十届北京亚运会主题歌)，虽然是两种不同的性别声音，但歌唱主体以及接受的主体是"我们"，也都是无性别的。与性别间歌不同的是，无性别歌不是一种对话关系，而是一种歌众共有的社会性。在这种共性的关系中，并没有性别意识，"你"和"我"在一起形成"我们"。

歌曲是一种特殊的文体，它也有其特殊的文化功能，把歌从文本性别上分类，并不影响对歌曲的文化功能的认识。一首歌可以有多个服务目的：教育目的、鼓动目的、纪律仪式目的、审美目的、娱乐目的等。但一首歌之所以区别于另一首歌，更在于一首歌中占主导地位的意动目的，这种主导目的决定了一首歌的分类。这个原则与其他文学艺术、体裁的分类标准是一致的,现代文化理论家雅克布森(Roman Jakobson)等人早就详细阐述了主导因素决定门类体式这个原理。[①] 在无性别歌中,我们明显地感觉到,歌的目的性更多地在于召唤一种集体意识,激发人性中共同的情感、一种人类的深切关怀。这种歌曲很多,比如陈乐融作词、莫凡作曲的《朋友别哭》(吕方原唱),朋友是一种超性别的情感关系,它可以发生在同性之间,也可以发生在异性之间,甚至说,它是没有年龄、阶层、种族等任何障碍的一种情感:

> 有没有一扇窗
> 能让你不绝望
> 看一看花花世界
> 原来像梦一场
> 有人哭　有人笑
> 有人输　有人老
> 到结局还不是一样

而这首《我是明星》(林夕作词,周华健作曲,周华健原唱),并不强调明星的性别,而是借用当代文化中人人崇拜明星的心理,来激发人性中的积极进取精神,这也是一种超越性别关系的励志。

> 有一个梦　由我启动
> 把汗水融化成满脸笑容

---

① 罗曼·雅克布森:《主导》,《符号学文学论文集》,赵毅衡编,百花文艺出版社,2004年,第7—14页。

海阔天空　我是阵风
　　把旗帜飞扬到南北西东
　　嘿呀　嘿呀
　　谁不为人性的光辉感动
　　嘿呀　嘿呀
　　我的心就是个光明火种
　　每一个人　一样有用
　　自告奋勇　不约而同
　　忘了自己　宽了心胸

再比如宋小明作词、伍嘉冀作曲、屠洪刚演唱的《中国功夫》，唱出了中国人对拥有自己特色的武功文化的自豪：

　　卧似一张弓　站似一棵松
　　不动不摇坐如钟　走路一阵风
　　南拳和北腿　少林武当功
　　太极八卦连环掌　中华有神功

　　无性别的歌的"我们性"，是超越性别意义的一种情感和志向。它存在于很多题材的歌曲中，可以激发人类除了男女爱情之外的歌中情感，比如爱国之情、朋友之情、励志之歌等。
　　"我们性"呼唤的是人类面对某种心理事件时的共同情感。这种情感往往是与性别意识无关的社会或某个群体的人文关怀。

歌曲赏析与延伸思考

《斯卡布罗集市》(Scarborough Fair)，由美国歌手保罗·西蒙

(Paul Simon)作词作曲,这首歌取得轰动性的成功,是在 1967 年的奥斯卡获奖电影《毕业生》上演后,西蒙与加芬克尔(Art Garfunkel)组合,为此电影结尾配曲。这部电影中,还有西蒙的另一首著名的《寂静之声》(Sound of Silence)。《斯卡布罗集市》是西蒙在英国时,从女友那里学到的苏格兰民歌,非常古老,早在 17 世纪就已出现。歌曲原本是男女对唱,具有典型的欧洲中世纪民歌色彩,充满了故事情趣。歌词意境与电影《毕业生》中迷茫青年的心境十分相合。

Are you going to Scarborough Fair?
Parsley, sage, rosemary and thyme.
Remember me to one who lives there.
She once was a true love of mine.

On the side of a hill in the deep forest green.
Tracing of sparrow on snow-crested ground.
Blankets and bedclothes a child of the mountains
Sleeps unaware of the clarion call.

Tell her to make me a cambric shirt:
Parsley, sage, rosemary and thyme
Without no seams nor needle work,
Then he'll be a true love of mine.

On the side of a hill' a sprinkling of leaves.
Washed is the ground with so many tears.

A soldier cleans and polishes a gun.

Tell her to find me an acre of land:

Parsley, sage, rosemary and thyme

Between the salt water and the sea strand,

Then he'll be a true love of mine.

War bellows blazing in scarlet battalions.

Generals order their soldiers to kill.

And to fight for a cause they've long ago forgotten.

Tell her to reap it with a sickle of leather:

Parsley, sage, rosemary and thyme

And to gather it all in a bunch of heather,

Then she'll be a true love of mine

第十一讲　歌词的复调艺术

一　复调

"复调"(polyphony)最早是一个音乐术语,指的是两条或多条各自具有独立性的旋律线,有机地结合在一起,而构成的多声部复调音乐。把"复调"这个概念引入文学理论的,是苏联文学理论家巴赫金。他在讨论陀思妥耶夫斯基的小说创作时,用"复调"这个术语来描述小说中的多声部、对位及对话的特点。后来,复调这一艺术创作技巧被很多作家运用并实践。其中,运用得最为成功且又有发展的是捷克著名作家米兰·昆德拉。他在巴赫金复调概念的基础上,成功地创造了"文本复调"等艺术创作方法。

除了在音乐、文学创作中,复调艺术被广泛讨论和实践外,学界还把"复调"上升到美学、文化甚至哲学层面来讨论。在美学层面,复调被看成是观照艺术的一种方式,它强调的是多样性复合型的艺术思维;在文化和哲学层面,复调思维又可以让不同个性的个体主体以各自独立的声音平等对话,从而形成一种"和而不同"的社会意义关系。

复调这种表意模态也是社会、历史及艺术品格的要求。而歌曲是最普泛的文化表意方式,在具体的歌曲创作艺术中,应该有独特的复调艺术,表现出生活中对话性的对立。

二 文本复调

文本复调,经常指将非小说文体风格(比如,短故事、通讯、诗、论文等)综合成的文体风格,它是多种文本的对峙、贯通和互构,例如米兰·昆德拉的一些小说《欲望玫瑰》《笑忘录》等。

在歌曲中的文本复调,常常表现为多种音乐风格的合成,也可以理解为"音乐风格复调"。比如这首由阎肃作词、姚明作曲的《说唱脸谱》:

> (流行歌曲风格)那一天爷爷领我去把京戏看,
> 看见那舞台上面好多大花脸,
> 红白黄绿蓝,咧嘴又瞪眼,
> 一边唱一边喊,哇呀呀呀呀,
> 好像炸雷唧唧喳喳震响在耳边。
> (戏剧风格)蓝脸的窦尔敦盗御马,
> 红脸的关公战长沙,
> 黄脸的典韦,白脸的曹操,
> 黑脸的张飞叫喳喳……
> (念唱风格)说实话京剧脸谱本来确实挺好看,
> 可唱的说的全是方言怎么听也不懂。
> 慢慢腾腾咿咿呀呀哼上老半天……

三种不同的音乐风格,三种不同的歌曲文本,综合成文本复调,在不同的文本间展开对话和讨论,用京剧唱腔演唱的部分,不仅语言上富有传统京剧的戏剧色彩,而且从内容上看,唱的都是传统古装戏人物,或者神话妖魔旧故事,取材上陈旧,语言也很古董。最意味深长的是最后一段,被叠加的古典意象"鸳鸯瓦""活菩萨"成功地纳入现代汉语风格语境,仿佛既是一场妥协,也是一场胜利,"哇哈哈……"京剧的笑声增添了新的意味。这种文本复调的运用,大大增强了歌曲的表现范围,也带来了新的音乐风格。

正如完形心理学提出的那样:整体不等于部分之和。多种音乐风格形成的文本复调,不是多种音乐风格的相加,文本风格结构的复杂化带来歌曲社会意义的多层次多模态化。

三　讲述视角复调

讲述视角的复调指歌曲中不同的"讲述者"从不同的角度对同一情感或事件的不同表意方式。歌曲虽然是一种跨媒介艺术,但通常我们只能听到一种声音,即歌手讲述的声音,而很难分辨其他主体的声音。由于当代歌曲特殊的传播机制,歌手实际上就成了整个作品(通常是多人合作团体制作的歌曲)的形象、情感甚至性别代言人。歌手还要达到为歌众代言的目的,即唱出歌众心中的情感,才能使这首歌有得以流传的可能。在这个过程中,现实中一首歌创作团队的创作意图不可能完全统一。要使歌曲有可能在社会上成功流传,其中一个重要因素,就在于歌曲生产过程中各种主体意图(词作家——作[编]曲家——演唱者——生产机构——歌众)必须相互修正,以达到一种既互相合作又互相合作的"循环"。从这一层意义上理解,一首歌在生产过程中,事实上就已经是各种意图、视角的复调。

而落实到歌曲文本内部,我们可以从歌曲的复合"声音来源"

意义上来理解"讲述视角的复调"。请看这首马天宇演唱的《该死的温柔》，整首歌分三部分，歌曲的引子、女声的中文伴唱和男生英文念唱，构成了两种不同的复调。男声的念唱基本是背景式的、轻柔的。女声伴唱的内容，显然是突出歌曲的主题。当歌曲正式开始时，男声的念唱走到前景，是"我"和"你"的一种对话。

让我们走完这一次完美的结局
好像当初的约定爱着对方一直到老
问自己爱情的游戏还有没有规则
要怎么面对着问题说没问题
心里在流泪骗自己，可是你却对我说

下面的这一段是歌曲的主体部分，由上段男声念唱中的最后一句"可是你却对我说"，讲述突然中断，这个停顿，由听众的情感期待视野补上。紧接着男声转成了抒情的演唱风格，视角转化成"独白"。

说好泪不流
缘分已尽的时候
你不再要借口
风停了雨顿了
你一定要走
我还站在记忆里在感受

歌曲的高潮阶段，在男声一再吟唱的"你这该死的温柔"的主题段中，忽然出现了英文念唱，同一个人的声音，却用不同的声部，不同的音乐风格,不同的讲述视角来表现。中文唱的是对自己怒其不争、无法忘怀、已近不可能的爱情,英文念唱的却是对于爱的忠心耿耿:

> 你这该死的温柔
> 让我心在痛泪在流
> 就在和你说分手以后
> 想忘记已不能够
> 你这该死的温柔
> 让我止不住颤抖
> 哪怕有再多的借口
> 我都无法再去牵你的手
> I put it down on my life
> that I love you from the bottom of my heart
> 'cause you the sweetest thing ever in my life
> I cry so many times
> Ever since the night you were gone

正是通过这多种不同视角的讲述复调,我们感受到情感的复杂和张力。歌曲的讲述视角复调,可以增强歌曲复杂的情感层次,避免情感平面化的叙述或抒情。这首歌拥有典型的视角复调。

四 情感空间复调

情感空间复调,在对唱情歌中表现得比较突出。传统对唱情歌,虽然有对话样式,但很少有复杂的情感冲突,对话就成了一种简单层次上的艺术形式,而不是提升思想和意识高度。如此的情歌对唱,实际上只是男女角色的分工演唱,在思想感情上,基本是同方向的,没有体现出个体独立的主体意识,这也导致了对唱情歌的模式化、刻板化。但随着社会的进步,当代情歌无论从表现方式,还是表现内容,特别在男女性别主体意识上,都明显地复杂化了。这也急切呼唤着相应的表现方式。在这个方面,凤凰传奇的《全是爱》在情感空间复调艺术的运用上,是一个很好的探索:

  (男唱)如果你不爱我　就把我的心还我
     你用爱换走青春　我还留下了什么
     如果你还爱我　就什么话都别说
     就跟我一路狂奔　就不要想太多
     痴情不是罪过　忘情不是洒脱
     为你想得撕心裂肺有什么结果
  (女唱)你说到底为什么　都是我的错
     都把爱情想得太美现实太诱惑
     到底为什么　让你更难过
     这样爱你除了安慰还能怎么做

  这首歌曲很长,超出了一般歌曲的抒情模式,歌中有体现男女情感的对唱,也加入了表现男女不同思想观念的念唱对白。

  (男念唱)寂寞寂寞是谁的错
      寂寞让你变得那么脆弱
      我们不要继续再这样沉默

　　　　　　这段感情应当要保持联络
（女念唱）没错　是我那么多的冷漠
　　　　　　让你感觉到无比的失落
　　　　　　不过一个女人的心
　　　　　　不仅仅渴望得到的一个承诺
（女唱,男念唱）你说到底为什么
　　　　　　都是我的错
　　　　　　都把爱情想得太美现实太诱惑
　　　　　　到底为什么
　　　　　　让你更难过
　　　　　　这样爱你除了安慰还能怎么做

　　在整首歌曲中,我们听到了女性的独立意识,也听到了男性的时代焦虑。实际上,这还不是一种简单的性别分工的冲突,而是整个社会性别文化的变迁,给男性和女性重构自己主体意识带来的性别焦虑。所以,歌中的对唱、念白,展现了一种文化表意的复调,每个主体都有展现自己声音的权利,其中有冲突,有矛盾,还有对现实的不知所措。歌曲并不需要给性别建构一个标准答案,而是通过各自独立的声音,用复调的形式把问题展现出来。这样的一个复调思维,或许会给中国传统的对唱情歌模式带来新的启发。

五　时空观念复调

　　歌曲有一个重要的特点,就是歌曲的代沟比任何文化表意方式都明显,正如人们常说,一个时代有一个时代的歌,一代人有一代人的歌,代与代之间的沟壑深入地质断层。虽然如此,我们也应该看到,歌也是弥补代沟的最好方法,尤其老歌的不断新版翻唱,是让歌曲传统保持下去的重要途径。在新歌中的时空观念并置构成复调,也是一条延续歌曲文化传统的值得探索的途径。李焯雄作词、朱敬然作曲、周笔畅演唱的《浏阳河2008》,值得探讨。

  浏阳河弯过了几道弯
  几十里水路到湘江
  那是哪一年蝉声的夏天
  那只小手学会了告别也伸向明天
  一首歌是一条河
  流过寂寞流入梦
  让我经过你那些的经过也勇于不同
  听你唱过浏阳河弯过了几道弯
  弯成了新月回家路上妈妈的目光
  听你唱过浏阳河弯过了几道弯
  勾起多少惆怅与多少希望在心上
  雨点找到了长河回忆找到主题歌
  老家的热汤熟悉的窝好温暖好温暖
  听你唱着浏阳河弯过了九道弯
  (浏阳河时间的河)五十里水路到湘江
  听你唱着浏阳河弯过了九道弯
  流过多少惆怅与多少希望变金黄

《浏阳河》①是一首家喻户晓的歌颂领袖的颂歌。上面这首《浏阳河 2008》，既是一首乡情的回归，也是一首沟通情感的歌。全歌将《浏阳河》原来的词和曲，不断地插入在新歌中，构成了不同时空观念的复调；不同旋律的叠加，让我们感觉到时代和观念的交错。新旧观念的歧义不可能避免，就像代沟不可避免一样。巴赫金认为："复调结构的艺术意志，在于把众多意志结合起来，在于形成事件。"随着当代文化的发展，歌曲表现艺术也会越来越多元化。陈道斌作词、董建利作曲的《新康定情歌》，以一个"新"字改写了四川民歌《康定情歌》，歌中加入了更多的现代性的浪漫，反映出新的时代特征：

> 裁一朵溜溜的白云
> 给你做一件梦的衣裳
> 骑上溜溜的马儿
> 踏着歌声寻找你的芳香
> 山上那溜溜的月亮
> 就想你害羞的脸庞
> 那一只溜溜的情歌
> 今夜我要轻轻的对你唱
> 跑马溜溜的山上
> 一朵溜溜的云哟
> 端端溜溜得照在

---

① 此歌最早由徐叔华作词，唐璧光作曲，作于 1950 年，为小型歌剧《双送粮》所作的两段式的男女声对唱。1957 年，因为徐叔华被错划为"后派"，作者署名改为"湖南民歌"。1972 年歌词增加了后三段。后来改成一首。

康定溜溜的城哟

在上面这些歌中,时代的对照复合非常明显,大部分歌并没有意作如此安排,但结构有张力,形成了令人回味的作品,这都有复调在起作用。复调的理念来自于音乐,也完全可以返回到和音乐密切相关的歌曲艺术中。如果说,歌曲是一种最贴近日常情感的艺术表意方式,那么生活中的一切都是对话,也就是对话性的复调,尤其当社会思想和情感变得更为丰富而复杂。

歌曲赏析与延伸思考

《美国派》(American Pie,节选),由美国歌手唐·麦克林(Don Mclean)创作于1969年。此首长达8分34秒的伤感歌曲,能一直受到歌众的热情喜爱,并在30年后的2001年,继续生机勃勃地保持美国20世纪最佳歌曲365首评选中第五的成绩,似乎超出了歌曲的基本"法则"。三十多年来,《美国派》也是被各界人士争论、分析得最多且最广的作品。全歌共六段,用第一人称叙述,采用主歌与副歌形式,讲述"我"经历的美国摇滚乐1959—1970年间这十年历史。此歌从四人乐队"蟋蟀"(The Crikets)核心成员巴迪·霍利(Buddy Holly)的死亡讲起,虽然整首歌都没有直接提到巴迪的名字,但通过两人歌词之间的互文关系,将歌与歌、歌与人链接到一起思考。互文妙用和谐音效果,将歌词的表面意义与美国历史和文化深刻地链接到一起。

A long long time ago
I can still remember how that music used to make me smile
And I knew if I had my chance

That I could make those people dance

And maybe they'd be happy for a while

But February made me shiver

With every paper

I'd deliver

Bad news on the doorstep

I couldn't take one more step

I can't remember if I cried

When I read about his widowed bride

But something touched me deep inside

The day the music died.

So, Bye bye! Miss American Pie

第十二讲　歌词的互文性与块茎式传播

一　中西"互文"概念的异同

"互文性"这个概念,是当代文艺学的一个核心概念,是文本与文化历史联系在一起的根本方式。

中国传统诗学,把互文看成一种常用的修辞方法,即将一个意思完整或意思复杂的语句,有意识地拆解成两个或多个交错有致的语句,在表达上相互隐含、相互呼应、相互补充,读者阅读时,需要将其合在一起理解。"参互成文,含而见文",基本概括了中国诗学互文的含义和运用。比如,古典诗歌中的很多名句如"秦时明月汉时关""将军百战死,壮士十年归""明月别枝惊鹊,清风半夜鸣蝉"等,只有通过前后词语的互文参照补充才能获得正确的理解。

互文参义,不仅是一种很有效的修辞手法,它还和中国的骈文律诗的审美传统有关,因为格律、对偶、音节的需要,互文和对句结合会成为一种很有创意的组合。就如庄子所言:"有无相生,难易相成,长短相形,高下相盈,音声相和,前后相随,恒也。"形式一旦形成,也就创造了一种审美习惯。中国古典诗词,是当代歌曲创造性转换的一笔丰厚资源,中国传统诗词的这种互文技巧,完全值得

保留并发扬广大。我们看到在当代有不少延用这种修辞手法的歌曲,比如这首于景、付林作词,付林作曲的《故乡情》:

> 故乡的山　故乡的水
> 故乡有我幼年的足印
> 几度山花开　几度潮水平
> 以往的幻境依然在梦中
> 他乡山也绿　他乡水也清
> 难锁我少年一呀寸心

当代的互文性(Intertextuality)概念,最早由20世纪60年代保加利亚符号学家朱丽叶·克里斯蒂娃提出。她认为,"任何文本都是一些引文的马赛克式构造,都是对别的文本的吸收和转换"。文本之间实际上存在一种文本间性,也就是一个文本和其他文本之间总存在着互文关系。比如一首诗,是一些指向其他词语的词语,而那些词语又指向另外一些词语。所以任何一首诗都只能是"互文诗",它和其他诗歌文本之间有着文本间性。

克里斯蒂娃的互文性理论之所以产生了很大的影响力,是因为它成为20世纪文化研究的基石。互文性批评,打破了通常只关心作者和作品关系的封闭式传统批评,在跨文本、跨文类、跨文化理解操作上,它使文学和文化批评更为开放,走得更远。

克里斯蒂娃的互文性理论,与中国诗学的互文修辞互相呼应,这一点,已经有很多的学者讨论过。任何一种创作技巧都不是独立呈现的,一个文化中所有的文本,都是克里斯蒂娃所说的"马赛克"式的镶嵌文本性。为了让读者容易理解,这里将互文性理论放到文本操作层面上来讨论,从当代歌曲作品具体的互文实践中,来探讨互文运用的技巧和意义。

二　互文技巧

(1) 引用式互文

在具体的互文本中,一个最明显的特征,就是歌曲文本对文化中所有先前出现的,有时我们称之为"典故",有时称之为"影射"的文本的直接引用。游鸿明演唱的《楼下那个女人》,就是这方面的互文实践。这是一首叙事性很强的歌曲,一开始,作为歌曲的引子,是由女声演唱的一首20世纪90年代《新不了情》的旋律和歌曲:

> 心若倦了泪也干了
> 这份深情难舍难了
> 曾经拥有天荒地老
> 已不见你暮暮与朝朝

接着,进入歌曲的正式部分:

> 很少有机会见到那个女人
> 她是那种让人一眼难忘的人
> 长长的头发紧贴的细薄的双唇
> 怎么有人美得如此不沾风尘
> 偶然间我和她错身在走道
> 她低着头快步地移动双脚

> 她又让我联想到一只小鸟
> 终生被囚禁在一座监牢

《新不了情》被分成几段,分别被镶嵌到《楼下那个女人》要讲述的故事中,实际上,是用"楼下那个女人"的情感视角来重新审视《新不了情》所体现的情感纠葛。因为"我"的描述,只是"我"的感受,但不可能全知全能,甚至会因为视角不一样,而存在着不同的理解:比如,在女人痴迷不悟的时候,"我"却认为她是"一只小鸟","终生被囚禁"。歌唱主体被分成两个或更多元的主体,制造了互文互参的主体形态。

(2)改写式的互文

互文性的另一种方式,是改写。这个方面,陈小奇作词作曲的《涛声依旧》是一首佳例,他互文式地改写了唐代诗人张继的名作《枫桥夜泊》:

> 月落乌啼总是千年的风霜,
> 涛声依旧不见当初的夜晚,
> 今天的你我怎样重复昨天的故事,
> 这一张旧船票能否够登上你的客船。

歌中把"渔火""枫桥""钟声""客船""乌啼"等重新放进新的语境,将张继《枫桥夜泊》的旅人思绪,嫁接到当代恋人的情感忧愁中。

方人也作词、孟庆云作曲、曾静演唱的《一梦千年》也充分地利用了互文性:

多少次雨疏风聚
海棠花还依旧
点绛唇的爱情故事你还有没有
感怀时哪里去依偎你的肩头
一梦千年你在何处等候
知否谁约黄昏后
知否谁比黄花瘦
谁在寻寻觅觅的故事里
留下这枝玉簪头

  这首歌曲中,情调上影射并改写了李清照的《如梦令》(昨夜雨疏风骤)、《点绛唇》(蹴罢秋千)、《醉花阴》(薄雾浓云愁永昼)、《声声慢》(寻寻觅觅)、《一剪梅》(红藕香残玉簟秋)等多首词作。或许歌曲想写出李清照的情怀,也或许李清照的情怀一直萦绕着千年来的梦。

  当代歌曲一直和中国古典诗词有着深刻的渊源。互文是一种有效的方式,它可以让古典歌曲的精华在当代歌曲中延伸。近几年,在歌曲界刮起的"中国风",不是一种偶然的现象,中国当代歌曲的发展,需要多方面借鉴经验,吸收营养。中国古代诗歌史,就如朱自清所认为的,几乎是一部歌谣史。中国古典诗词精湛的技艺的转换与承传,会让中国汉语歌曲走得更远,走得更有特色。

(3)重写式互文

  李敏作词、王蓉作曲并演唱的《我不是黄蓉》,是一个有趣的例子:

> 我没有香香公主的美丽
> 也没有建宁公主的权力
> 我希望找到老实的郭靖
> 对人诚恳对事精明
> 他不要像韦小宝多情
> 也不要像杨过般冷冷清清
> 直到我头发花白牙齿掉光
> 找到我实实在在的爱情

　　这首歌曲实际上是按照"我"的爱情观,把金庸小说中的人物重新组织了一遍。金庸小说中的人物为中国歌众所熟知,歌曲巧妙地利用了这一点,加以变形,熟而不俗。在这个歌曲中,我们不仅能看到文本之间的传续与变异,更重要的是,能感受到历史的变化在人的意识中留下的痕迹。金庸用现代人的眼光来写古代故事,历史已经烙上他本人的印记,而王蓉的歌曲中,则变其意而用之,可以看到当代女性的价值观念。

　　互文无处不在,互文形式也多种多样。互文引语,或被直接引用,或被曲解,或被位移,或被凝缩,总是为了歌曲作者当下的主体言说而被重新组织,每一次重新组织,也是一次创造新意义的过程。正是在这种永无止境的创造性互文本中,不断地撒出渗透着历史流动的文化之网。

　　互文性创造着一种语言的万花茂盛的意义织锦,在这喧闹的背后,我们要的是它创造性的意义。歌曲需要唱出普通人的共同情感,但歌曲的表现艺术绝对不是千篇一律的。好的歌曲作家都会有着美国文论家布鲁姆所说的"影响焦虑",面对前人的艺术成果,艺术家存在的意义是创造性的超越,在这种理解下,互文性就成为艺术创造的动力。

三 歌曲传播机制

互文性渗透到歌曲的传播之中。歌曲创作表面上是一场语言较量,但一个仅把歌曲当文字创作的词人,很难成为一个成功的词人。歌必(意图)流行,即歌的创作与生产目的,都是为了歌众传唱、意图流传。从这个意义上来划分,歌可以分为"成功流传"的歌和"未成功流传"的歌两大类。

一首歌能否成功流传,取决于歌曲生产流程中五个基本环节的合力作用:(词作家的)歌词、(作曲、编曲家的)音乐、(歌手的)表演、(机构的)传播及(歌众的)传唱。而这五个基本环节的主体,都有各自的意图;词作家的意图,音乐家的意图,机构的意图,每种意图都不可能相同,因此,歌曲流传要求从歌曲这个第一环节开始,也必须考虑到其他环节的意图,而其他意图也需要不断地修正、调整,从而形成一个良性的意图循环。只有当这种意图循环畅通实现时,歌曲的成功流传才有可能。

所以,一个歌曲创作者,除了在语言上下功夫外,还要考虑到歌曲的传播方式,尤其在现代传媒时代,传播方式是歌曲成功流传的一个重要因素。

歌曲在社会文化生活中的传播方式比较特殊,很接近当代文化理论中所谓的"块茎(rhizome)模式"。法国当代哲学家德勒兹(Gilles Deleuze)与心理学家伽塔利(Felix Guattari)提出这文化的"块茎模式"传播理论。

一般人理解的文化产品的传播是"树状模式",即一个文本有根、有胚芽、有基干,此后发出枝叶,但有权威性的源头,可追溯根源,可回溯创造途径,回向作者这个意义的权威源头。而"块茎模式"就像竹子在地下蔓延,随处可以冒出头,另成一个体系,另成一个意义源头。

歌曲在社会上的传播就是一种"块茎式传播",这种传播方式让歌曲变成一种流动文本:一首歌虽然诞生在特定的创作时空,却因在不同的语境中,被不同的歌众"传唱"而复活,不同的时空会给它带来不同的语义场,会使它不断产生意义变异。歌的流传就是一个不断衍义的意指过程。

20世纪90年代初,李春波推出一首怀念知青岁月的歌曲《小芳》:

> 村里有个姑娘叫小芳
> 长得好看又善良
> 一双美丽的大眼睛
> 辫子粗又长
> 在回城之前的那个晚上
> 你和我来到小河旁
> 从没流过的泪水
> 随着小河淌

歌曲中说得非常明显:"谢谢你给我的温柔,伴我度过那个年代。""那个年代",点出了词曲作者李春波的初始意图,他想表达的是对知青年代不能成形的爱情的怀念和感伤。歌曲召唤的歌众应该是中国曾经的一代上山下乡知识青年,但在实际流传过程中,出现了块茎传播式的侧枝蔓生,召唤的歌众对象发生偏离。这一首歌流传时,正赶上20世纪90年代中国大量乡村民工进城打工的大潮,城市知青留在乡下的那个黑辫子大眼睛的小芳,成了民工留在家乡的恋人了,因此它不再是一首知青情歌。《小芳》在大批民工歌众中广泛流传、意义歧出是歌曲作家完全没有想到的,蔓生的新语境造成的"块茎式传播"也是创作者完全无法控制的。

另一首阎肃作词、孙川作曲的《雾里看花》的流传过程也同样说明了歌的"块茎式传播"问题:

雾里看花　水中望月
你能分辨这变幻莫测的世界
涛走云飞　花开花谢
你能把握这摇曳多姿的季节
烦恼最是无情叶
笑语欢颜　难道说那就是亲热
温存未必就是体贴
你知哪句是真　哪句是假
哪一句是情丝凝结
借我借我一双慧眼吧
让我把这纷扰看得清清楚楚明明白白真真切切

这首歌最初是词作家为打假宣传所作的一首公益歌曲,因为词意深曲,曲调缠绵,加上歌手那英的演唱相当柔情,最后被当作情歌流传,完全离开了创作者的初始意图。

"块茎传播"带来歌曲意义和功能变异的例子非常多,可以列举出几个比较常见的类型。一类是早期作为乡情歌而创作的作品,现在大多转作旅游歌曲。比如,三亚用的《请到天涯海角来》、哈尔滨用的《太阳岛上》、陕北用的《延安颂》、无锡用的《太湖美》、湖南用的《浏阳河》、山西用的《人说山西好风光》、长江三峡用的《长江之歌》、少林寺用的《少林,少林》等等。因为语境变化,歌曲的意义和功能也都发生了变化。

第二类是电影、电视主题曲及插曲脱离影视媒介而单独流传。像《花儿为什么这样红》《我的祖国》《好人一生平安》,甚至近年的《星语心愿》《菊花台》《我用所有报答爱》等,歌众传唱这些歌曲,已经淡忘了最初的影视语境。

第三类是广告歌曲。雅文作词、三宝作曲的《我的眼里只有你》,原来是一首典型的情歌:

> 你温柔的甜美好像鸟儿天上飞,
> 只因为我和你相爱相拥相依偎。
> ……
> 我说我的眼里只有你,
> 只有你让我无法忘记。

1996年,歌手景岗山以此歌为饮料产品"娃哈哈"做广告宣传。在广告中,只用了原歌曲中的一句"我的眼里只有你",这种典型的"断章取义",故意模糊"你"的指代,将饮料"娃哈哈"和爱情中的"你"等同起来,强化了这个字的复义情感效果,制造出强烈的经验通感和重叠。"我的眼里只有你",描绘了男女之间甜蜜而强烈的"爱的排他性"。而在广告中,因为是片断摘取,强行从爱情语境中将其取出,放在歌星加商品的新的语境中,"你"的意义和情感被移置。

在广告语境中,歌曲会进入新的一轮意义。原来并没有感情意义的产品,在这种象征语境中却被赋予了意义。用旧歌作广告,效果来自"双语境"的共同作用,原歌及原语境,依然残留在许多听众的记忆里,形成亲切的互文网络,这时原歌曲突然被拔出,扔给一个新的语境,必须作出新的解释。这与"双关语"修辞方法用于广告,有相似之处,虽然双语境同时起作用,原语境却退入了背景,不再是意义之源,而只是为新语境意义作衬托。这是语境蔓生变化的一大特点。

歌曲块茎传播方式带来的互文性,给歌曲带来的各种新意之多不可估量。歌曲作为最普及的大众文化,它的功能和流传的意图性决定了歌众流变的可能性。随着新的需求产生,新的语境不断出现,比如,歌曲演唱方式的创新(用戏曲方式演唱流行歌曲,用花腔演唱一般的歌谣等),歌曲与时尚的结伴而行(比如,手机彩铃的使用),等等,歌将会被放置在无限多的新语境中。

甚至可以这样说:歌的每一次出场,都有可能脱离歌曲创作者的控制,在不同的文化语境中无限衍义。因为歌众永远是歌曲意义最直接的生产者,而作为歌众的每一个体之吟唱,都可能将一首歌置于新的物质载体和新的语境载体中。

应该说,歌曲的这种块茎式传播方式,对歌曲创作艺术是一种挑战,也是一种契机。它要求歌曲作品须有艺术的时空穿透力,而不应成为一个即景或口号式的作品。即景或口号式的作品并不能真正体现歌曲作为文化产品的品格,只是附加给歌曲文化产品一种临时"效应",不能保证歌的广泛和长久流传。优秀的歌曲都能穿透这些临时功能因素,魅力长存:它似乎渗透着某个事件,但不是事件本身,而是背后留给人们的情感印迹,这情感可以穿越时空,保持着一种强烈而广泛的流传能力。

歌曲赏析与延伸思考

《阿根廷,别为我哭泣》(Don't Cry for Me, Argentina),是英国作曲家安德鲁·洛伊德·韦伯(Andrew Lloyd Webber)与词作家蒂姆·赖斯(Tim Rice)两人合作而成的浑然天成之作,最早出现在他们创作的音乐剧《艾薇塔》(Evita)中。这是一部政治题材作品,写的是阿根廷20世纪40年代富于争议的政治人物,难以把握的政治路线(贝隆与贝隆夫人艾薇塔的政治路线至今争议未息,很多人称之为"民粹主义—民族主义法西斯")。艾薇塔是出身下层的风尘女子,参与政治后,成为贝隆夺权的一个主要策划者,却也因此成为平民大众的偶像,33岁早逝。音乐剧中的这首观众耳熟能详的歌曲"阿根廷别为我哭泣",几乎成了阿根廷的国歌。当阿根廷国家足球队在世界杯上出局时,球场上也会响起此歌,作为"告别"。这不能不说是歌曲块茎式传播的一个佳例。

It won't be easy, you'll think it strange

When I try to explain how I feel

That I still need your love after all that I've done

You won't believe me

All you will see is a girl you once knew

Although she's dressed up to the nines

At sixes and sevens with you, I had to let it happen,

I had to change, Couldn't stay all my life down at heel

Looking out of the window, staying out of the sun

So I chose freedom, Running around trying everything new

But nothing impressed me at all, I never expected it to

Don't cry for me Argentina

The truth is I never left you

All through my wild days

My mad existence, I kept my promise

Don't keep your distance

And as for fortune, and as for fame I never invited them in

Though it seemed to the world they were all I desired

They are illusions

They are not the solutions they promised to be

The answer was here all the time I love you and hope you love me

Don't cry for me Argentina

Have I said too much?

There's nothing more I can think of to say to you

But all you have to do is look at me to know that every word is true

结语　歌曲作为音乐文化产业的前景

歌曲是人类最古老的艺术体裁,是人际交流的基本形态之一。从最早的有词无意的歌词类语言发展到当代歌曲的歌词艺术,歌的研究,可以展示人类文化从远古至当代不断流变的特征。

歌曲是一种特殊的语言,一种将日常实用言语"陌生化"的方式。歌曲不同于纯音乐,它有歌词的介入,供广大受众参与演唱。这使单向传播的纯音乐变成了一种双向交流,创作主体与歌众主体之间形成互动,歌的意义在传达中重新编码,从而实现进一步的交流。

音乐和语言非常相似,都是"被组织的声音",语言和歌曲的区别并不严格,二者之间并没有明显的界限,他们之间更像一个连续的统一体。这两种符号结构相应,两者都有音调的性质:声调的变化,长度,音量。歌曲只是"唱的比说的好听",是语言的陌生化。

21世纪,随着传媒技术的发展,歌曲再度成为当今文化最有普泛影响力的文化形式之一。歌词成为当代社会绝大部分人唯一经常接触的文学艺术形式,中国传统的"诗教"功能,只有部分地已经由"歌教"代替,歌承传了被当代新诗忽略的"兴观群怨"功能。当代流行歌曲进入教材就是最典型的例子。邹友开作词、松山千春作曲的《好大一棵树》,2001年入选上海"二期课改"初中一年级上学期使用的《音乐》教材。郑智化作词作曲的《水手》因为积极健康、催人向上,也入选了同年的《音乐》教材。李宗盛作词作曲的《真心英雄》,周杰伦作词作曲的《蜗牛》也入选了《音乐》教材。2005年,《真心英雄》《蜗牛》还被收入上海中学生爱国主义歌曲推荐目录。

不仅如此,歌成为当代日常社会生活中人际交往的一种特殊方式,它的交流功能因而更为明显:它既是歌者表达感情,展现自身经验的一种形式,更是个人与个人、个人与群体、集团的交流媒介。在这交流过程中,歌曲作为一种特殊的交流媒介,在语言、代言方式、内外部结构、生产与接受循环等方面形成了一系列独特的交流机制,它们在建构社群文化的共同主体性,在沟通精英与大众、商业与文化等关系上发挥着重要功能。

因此,歌曲的艺术需要关注这种特殊的人与人的意义交流及传播过程,即如何把个人的经验,变成人际的动态关系,关注意义表达、接受、反应中的文化制约方式,以及社会集团之间的意义影响与竞争关系。

歌曲生产与流传有五个基本环节,也构成了一条当代音乐文化的产业链:音乐文化创意—音乐文化生产—音乐文化营销—音乐文化消费。音乐文化产业链的每一个过程,都和音乐生产与流传的每一个环节密切相连。

从歌曲生产环节上来看,歌曲的生产目的,从文化意义上,在于社会的广泛认同和普遍的流行。而作为一种文化产业,也需要使产品"畅销",即流行。然而,任何个体的自发行为和自主选择,都不能造成流行这种文化景观。为了达到流行的目的,无论从意义渠道还是商品渠道,我们都会观察到,在歌曲的创造与流传中,贯穿了文化的编码、运作、传播到消费等各个环节。只有具有一系列精心选择、精心配合的文化策略,一首歌才可能成功。

在歌曲的生产传播流程上,歌星与传播机构成为流行歌曲最具经济效率的一环,比起这些环节来,第一环的词作者所占"投入成本"比例较小。然而,歌曲作为一种表意行为,主要意义是歌词赋予的,歌词是歌曲意义的"定调媒介",①是整个文化生产过程的起点。

歌词作为"定调媒介",决定了歌曲的亚体裁区分,而且决定了其流传渠道。例如,少儿歌曲通常必须在学校课堂和专门的少儿电视频道上传播;而摇滚乐通常会在现场音乐会上取得较好的效果;仪式歌曲也会在特定的场景传播,娱乐歌曲会在歌星音乐会,或者娱乐场所,比如 KTV 传播。旅游、公益歌曲等会在专题音乐会上传播等等,而这种传播与流行的方式,在歌词创作时大多已经决定下来。

歌词作为文化产业链中重要的一环,不仅决定了歌众的分层,也决定了歌曲文化意义的分层,以及作为一种特殊文化产品不同的营销结构。

所有这些,既是音乐文化产业,也是歌词艺术创作不得不关心的问题。

---

① "定调媒介",指多媒介文本中决定意义的媒介。参见赵毅衡:《符号学:原理与推演》,南京大学出版社,2010 年,第 135 页。

参考文献

蔡仲德《中国音乐美学史》,北京:人民音乐出版社,2003年。

陈煜斓《现代音乐文学导论》,郑州:河南人民出版社,2006年。

晨枫《中国当代歌词史》,桂林:漓江出版社,2002年。

晨枫等编《百年中国歌词博览》,合肥:安徽文艺出版社,2011年。

付林、王雪宁《流行歌词写作新概念》,北京:中国文联出版社,2003年。

黄志华《香港词人词话》,香港:三联书店,2003年。

金兆钧《光天化日下的流行》,北京:人民音乐出版社,2002年。

龙榆生《中国韵文史》,上海:上海古籍出版社,2002年。

鲁枢元《超越语言》,北京:中国社会科学出版社,1994年。

陆正兰《歌词学》,北京:中国社会科学出版社,2007年。

陆正兰《歌曲与性别:中国当代流行音乐研究》,北京:中国社会科学出版社,2013年。

陆正兰《世界好声音:英语歌曲24名家》,成都:四川文艺出版社,2013年。

吕进《新诗文体学》,广州:花城出版社,1990年。

毛翰《诗美创造学》,重庆:西南师范大学出版社,2002年。

茅原《未完成音乐美学》,上海:上海人民出版社,1998年。

苗菁《现代歌词文体学》,北京:中国文联出版社,2002年。

钱钟书《谈艺录》,北京:中华书局,1943年。

乔羽《乔羽文集·文章卷》,北京:新华出版社,2004年。

乔建中《中国音乐》,北京:文化艺术出版社,1999年。

乔建中编著《中国经典民歌鉴赏指南》(上、下),上海:上海音乐出版社,2002年。

瞿琮《歌词审美小札》,北京:人民音乐出版社,1986年。

任半塘《敦煌曲初探》,上海:文艺联合出版社,1954年。

施议对《词与音乐关系研究》,北京:中国社会科学出版社,1989年。

石祥《月下词话》,桂林:广西民族出版社,1993年。

王晓岭《歌词门:怎样写歌词》,北京:人民音乐出版社,2007年。

王小盾、杨栋编《词曲研究》,武汉:湖北教育出版社,2004年。

吴颂今《歌词写作十八讲》,北京:人民音乐出版社,2012年。

晓光、虞文琴等编《中国当代词坛文丛》(《词刊》增刊),北京:中国音乐家协会杂志出版。

许自强《歌词创作美学》,北京:首都师范大学出版社,2000年。

尤静波《流行歌词写作教程》,北京:大众文艺出版社,2008年。

赵毅衡《符号学:原理与推演》,南京:南京大学出版社,2011年。

赵毅衡《广义叙述学》,成都:四川大学出版社,2013年。

赵元任《新诗歌集》,北京:商务出版社,1928年。

中国国际电视总公司、南京电视台等联合采编《歌声飘过80年》,北京:人民音乐出版社,2001年。

钟子林《摇滚的历史与风格》,北京:人民音乐出版社,1998年。

周畅《中国现当代音乐家与作品》,北京:人民音乐出版社,2003年。

周青青等著《音乐学的历史与现状》,北京:人民音乐出版社,2003年。

朱胜民主编《往日如歌》,天津:天津人民出版社,2000年。

朱自清《中国歌谣》,上海:复旦大学出版社,2004年。

〔美〕杰米·卡库里斯《流行歌曲写作旋律》,孔宏伟、武麟译,北京:人民音乐出版社,2010年。

后 记

近几十年来,人类各民族的文化发生了巨大转折,文化艺术体裁的列位方式此消彼长、变化剧烈。其中最引起争议的莫过于歌曲取代了诗的几千年"第一缪斯"的地位,而成为人们在生活中接受最多,在艺术上得到很大满足的体裁。对社会上极大多数人而言,中学毕业后可能几乎没有再读过诗,却唱过、听过无数歌。

对这个重大转折,学界的敏感赶不上广大受众,迟迟不愿面对,至今各级学校没有歌词赏析课程,大学中文系没有歌词研究方向,实际上数量巨大的"诗歌学者"(可能比诗人还多)至今唯我独尊,不愿意承认歌词研究也是文学艺术研究。然而社会文化压力不可阻挡,近年来,歌词、歌曲研究,已经开始得到学界重视,出现了一些严肃的学术著作,也出现了一些普及文字。固然,我们可以指出正在兴起的歌词研究有一定的不足:学术著作某些地方过于深奥,普及文字有可能过于俗白,阐述的道理一望即知。

不以实践为对象的理论,是贫血的,没有理论指导的实践,是平庸的;这两方面应当可以相辅相成。本书希望有所纠正这两个偏向,力图成为一本理论指导下的创作实践教程,而不单纯是一本在理论上毫无提升发展的普及教科书。

正如本书开篇所说,歌词是一种很特殊的艺术文体,歌曲的接受者可以是任何社会身份:可以是文化精英,也可以是平头百姓。

但是歌词的写作者,却不应当如此;歌词本身则可以阳春白雪下里巴人,情调殊异泾渭分明。有人似乎认为简单地编个顺口溜、押得上几个韵,就能写出歌词。果真如此吗?正如本书所论,歌词的风格学光谱其实极为复杂,虽然"雅俗共赏"是歌词的一个"境界",但抵达它,并非易事,而有仪有态地抵达,更需要妙笔。

酝酿这本书已有多年,它是本人多年研究和教学的结晶。2007年,笔者出版了学术专著《歌词学》;2010年,在中国音乐文学刊物《词刊》上连载了一年的"歌词艺术论";2012年起,本人在四川大学讲授"歌词创作与鉴赏"文化素质课。这应该是中国高校中,最先开设现代歌词艺术的一门课。开课的意图有二:一是希望学生从身边事物研究起,能注意到天天不离口的歌曲中,也蕴藏着很多深刻的"歌理"和文化,中国深厚的诗歌传统可以在歌词中承传;二是利用学生的日常爱好,把他们对歌曲的热情升华为一种有意识的知识与修养。自然而然,这门"投学生所好的课",受到文理工医各专业大学生的欢迎,第一轮讲授,就被学生评为"最受欢迎的文化素质课之一"。此课课堂效果和学生的习作更是令人兴奋。现在呈献给各位的这本教程,就是从授课的反馈得到启发,得到鼓励,用几年时间系统化后的产物。

在本书出版之际,我需要向北京大学出版社的张雅秋女士致敬,她的工作热情非常有感染力,特别要感谢的是她细致地修正了书稿中的错误和疏漏。从《诗经》开始的歌词传统,并没有断裂,歌词艺术也永远不会穷尽。若能获更多的方家指正,同学切磋,也是意料之中:歌曲本来就是独乐乐不如众乐乐。

陆正兰

2015年早秋于成都望江阁